KB125419

애도 일기

Journal de deuil

by Roland Barthes

Journal de deuil © Editions du Seuil/Imec, 2009
Korean translation copyright © Woongjin Think Big, 2012

This Korean edition was published by arrangement with Editions du Seuil
through Sibylle Books Literary Agency, Seoul.

Journal
de
deuil

애도 일기

Roland
Barthes

롤랑 바르트 지음

김진영 옮김

걷는나무
walking tree

Contents

일러두기

- 각주는 원서의 주로 나탈리 레제가 단 것이다.
- 원문에서 이탤릭체로 강조된 부분은 이탤릭체로 구분했고, 괄호로 강조된 부분은 문맥에 따라 따옴표로 표기했다.

○ 서문

1977년 10월 25일 어머니가 돌아가신 다음 날부터 롤랑 바르트는 『애도 일기』를 쓰기 시작했다. 일반 노트를 사등분해서 만든 쪽지 위에 바르트는 주로 잉크로, 그러나 때로는 연필로 일기를 써나갔다. 책상 위에는 이 쪽지들을 담은 케이스가 항상 놓여 있었다.

일기를 써나가는 동안에 바르트는 콜레주 드 프랑스에서 「중립」 강의를 했고(1978년 2월에서 6월까지), 「오래전부터 나는 일찍 잠자리에 들었다」라는 제목의 강연을 했다(1978년 12월). 여러 신문과 잡지에 많은 글을 발표했고, 1979년 4월과 6월 사이에 『밝은 방La Chambre claire』을 집필했으며, 1979년 여름에는 몇 장의 종이 위에 '비타 노바Vita Nova'의 스케치를 남겼고, 1978년 12월에서 1980년 2월에 걸쳐 두 학기로 예정된 「소설을 준비하면서」의 강의를 계획하기도 했다. 이 작업들은 사실상 모두가 어머니의 죽음을 기호로 지니는 것들이며, 그 출발점에는 다름 아닌 『애도 일기』의 쪽지들이 존재한다.

이 작업들은 거의 모두가 파리에서, 또는 바욘Bayonne에서 멀지 않은 위르트Urt에서 집필되었는데, 위르트는 바르트가 동생인 미셸과 그의 부인인 라셸과 자주 함께 머물던 곳이다. 이런 주기적인 생활을 몇몇 여행, 특히 바르트가 초청 강의 때문에 자주 들러야 했고 또 그가 즐겨 머물렀던 모로코 여행으로 중단되기도 했다.

원래는 현대저작물 기록 보존소IMEC에 간직되어 있던 『애도 일기』의 원고는 책으로 만들어지면서 분리된 쪽지들의 모습 그대로, 생략되는 내용 없이 온전하게 다시 편집되었다. 다만 쪽지들의 순서가 뒤섞여 있을 때에는 그 연대기적 순서를 바로잡았다. 대부분의 메모들은 쪽지의 크기 때문에 매우 짧지만, 길 경우, 쪽지의 뒷면으로 이어지고, 더 길 경우, 여러 장의 새로운 쪽지 앞면으로 이어진다. 바르트가 잘 아는 이들의 이름을 축약한 이니셜들은 그대로 두었다. 텍스트 안의 괄호들은 바르트 자신이 남긴 것이다. 텍스트의 의미 관계를 설명하거나 암시된 내용을 밝힐 필요가 있을 때, 몇몇의 주를 달았다.

바르트의 어머니 앙리에트 벵제Henriette Binger는 1893년 태어났다. 그녀는 스무 살 때 루이 바르트Louis Barthes와 결혼했고, 스물두

살 때 어머니가 되었고, 스물세 살 때 전쟁미망인이 되었다. 그녀는 여든네 살의 나이로 세상을 떠났다.

이 글들은 완결된, 저자가 손수 마무리한 책이 아니다. 이 글들은 바르트가 쓰고자 했을 어떤 책의 가정들, 그 작품을 완성하는 데 도움을 주었고, 그래서 그 작품에게 빛을 던져주고 있는 텍스트이다.°

나탈리 레제Nathalie Léger

° 이 책은 베르나르 코망Bernard Comment과 에릭 마티Éric marty의 화해로운 공동 작업으로 태어났다.

애도 일기

1977. 10. 26. ~
1978. 6. 21

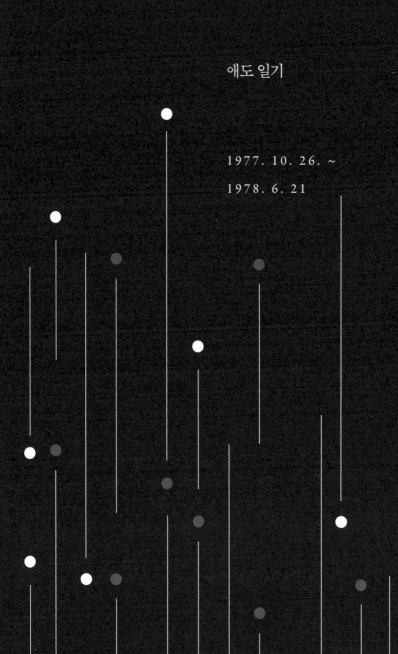

1977. 10. 26.

결혼의 첫날밤.

그러나 애도의 첫날밤인가?

10. 27.

— 당신은 분명 여자의 몸이 어떤 건지 알 수 없으시겠죠!

— 나는 병들어서 죽어가는 내 어머니의 육체를 알고 있습니다.

10. 27.

　매일 새벽 여섯 시 반이면 어두운 밖으로 지나가는 청소차의
덜컹거리는 소리.

　그러면 마음이 놓여서 말하곤 하던 마망*maman*: 이제야 밤이 지
나갔구나(혼자서, 말할 수 없는 심정으로, 밤을 견뎌야 했던 그
녀).

누군가 죽으면, 기다렸다는 듯 서둘러 세워지는 앞날의 계획들 (새로운 가구 등등): 미래에 대한 광적인 집착.

10. 27.

누가 알겠는가? 그 어떤 귀중한 것이 이 메모들 안에 들어 있을지.

10. 27.

— SS: 내가 당신의 손을 잡아줄게요. 당신에게 휴식을 주겠어요.

— RH: 지난 반년 동안 당신은 완전히 지쳐 있었어요. 슬픔, 우울, 일 등등으로. 당신도 그걸 잘 알고 있죠. 하지만 당신은 말을 안 하죠, 늘 그랬듯이.

그러나 별로 반갑지 않은 위안들. 애도는, 우울은, 병과는 다른 것이다. 그들은 나를 무엇으로부터 낫게 하려는 걸까? 어떤 상태로, 어떤 삶으로 나를 다시 데려가려는 걸까? 애도가 하나의 작업이라면, 애도 작업을 하는 사람은 더 이상 속없는 사람이 아니다. 그는 도덕적 존재, 아주 귀중해진 주체다. 시스템에 통합된 그런 존재가 더는 아니다.

10. 27.

불멸. 이 특별하고도 회의주의적인 입장이 도대체 무엇을 말하는 건지, 나는 한 번도 이해한 적이 없다. 그리하여 내가 아는 건, 나는 모르겠다는 사실뿐.

10. 27.

  내 주변의 사람들은 아마도 곰곰이 생각하는 것 같다(어쩐지 그런 것 같다), 나의 슬픔이 얼마나 깊은 것인지를. 하지만 한 사람이 직접 당한 슬픔의 타격이 얼마나 큰 것인지를 측정한다는 건 불가능한 일이다(이 우습고도 말도 안 되는 시도).

10. 27.

— "두 번 다시 볼 수 없구나, 두 번 다시 만날 수 없구나!"

— 그런데 이 말 속에는 모순이 들어 있다. "두 번 다시 만날 수 없다"라는 말은 영원할 수 없다. 그렇게 말하는 사람 스스로도 언젠가는 죽을 수밖에 없으니까.

"두 번 다시 볼 수 없다니!" 이 말은 영원히 죽지 않는 그 어떤 존재만이 할 수 있는 말이다.

10. 27.

빈소를 찾아온 너무 많은 사람들. 그럴수록 커지기만 하는 피할 수 없는 공허. 사람들 곁에서 혼자 누워 있는 어머니 생각. 한꺼번에 허물어지는 모든 것들.

거대하고 긴 슬픔의 성대한 시작인 이 모든 것들.

이틀 만에 처음으로 경험하는 것. 아무런 *거부감* 없이 나 자신의 죽음에 대해서 생각하다.

10. 28.

　　파리에서 위르트까지 마망의 시신을 운구한다(장 루이 그리고 장의업체의 기사와 함께). 점심 식사 때문에 차는 투르 뒤편에 있는 소리니의 아주 작고 단순한 음식점에서 정차한다. 기사는 오트-비엔으로 시신을 운구하는 '동료' 기사를 만나서 함께 식사를 한다. 장 루이와 잠깐 그곳 주변을 걷는다(보기 싫은 전사자 기념비). 단단하게 다져진 땅, 비 냄새, 초라한 시골 마을. 문득 다시 찾아드는 생의 충동(부드러운 비의 향기 때문인가), 그날 이후 처음으로 맛보는 편안함, 마치 짧게 지나가는 어떤 경련처럼.

10. 29.

이상한 일이다. 그녀의 목소리, 내가 너무도 잘 알고 있는 목소리, 기억을 불러들이는 그녀만의 씨앗('그 사랑스러운 울림……') 이라고 사람들이 말하는 목소리, 그 목소리를 나는 더는 듣지 못한다. 마치 청각 어딘가가 마비된 것처럼…….

10. 29.

"그녀는 더 이상 고통을 당하지 않는다"라는 문장. 여기서 '그녀'는 누구를, 무엇을 지시하는 것일까? 이 현재형은 무엇을 의미하는 것인가?

10. 29.

몹시 당황스러운, 그러나 조금 위안을 가져다주는 생각. 그녀가 나의 '모든 것'은 아니었다는 생각. 만일 그랬다면, 나는 아무런 글도 쓰지 못했으리라. 하지만 그녀를 돌본 지난 6개월 동안에는 정말 그녀가 나의 '모든 것'이었다. 내가 글을 써왔다는 사실을 나는 완전히 잊어버렸었다. 나는 오직 그녀를 위해서만 존재했었다. 그런데 돌아가시기 전에는 그녀가 그랬었다. 내가 글을 쓸수 있도록 그녀는 자신을 보이지 않는 사람으로 만들었다.

10. 29.

이 메모를 하면서, 내면의 *진부함*에게 나는 나 자신을 모두 주
어버린다.

10. 29.

어머니가 돌아가시기 전에, 그러니까 그녀가 아프던 동안, 내가 간절히 바라던 것들이 있었다. 그것들은 그러나 이제 성취될 수가 없다. 만일 지금 그것들이 성취된다면, 그녀의 죽음은, 이 욕구들을 실현시켜주는 만족스러운 일이 되고 마니까. 하지만 그녀의 죽음은 나를 바꾸어버렸다. 내가 욕망하던 것을 나는 더 이상 욕망하지 않는다. 남은 건, 만일 그런 일이 일어나게 된다면, 어떤 새로운 욕망이 생겨나는 것이다. 그러니까 그녀가 죽은 뒤의 욕망이.

10. 29.

애도의 한도에 대하여.

(라루스 백과사전, 메멘토): 아버지 혹은 어머니의 죽음에 대
한 애도는 18개월이 넘으면 안 된다.

10. 30.

위르트에서: 슬픔에 빠져서, 부드럽게, 깊은 곳으로(모든 힘을
다 잃은 채).

10. 30.

…… 그녀는 죽었지만, 그럼에도 불구하고 나는 완전하게 파괴되지 않은 채로 살아 있다. 이 사실은 무얼 말하는 걸까. 그건 내가 살기로 결심했다는 것, 미친 것처럼, 정신이 다 나가버릴 정도로 살고 싶어 한다는 것이다. 내가 죽을지도 모른다는 불안이 사라지지 않는 건, 그 불안으로부터 한 발짝도 비켜날 수 없는 건 바로 그 때문이리라.

10. 30.

많은 사람들이 여전히 나를 사랑한다. 그러나 이제 나의 죽음
은 더 이상 그 누구도 죽이지 못할 것이다.
— 그리고 이건 새로운 사실이다.

(미셸마저도 그럴까?)

10 . 3 1 .

나는 이 일들에 대해서 말하고 싶지 않다. 그러면 결국 문학이 되고 말까 봐 두렵기 때문에. 혹은 내 말들이 문학이 되지는 않을 거라는 사실에 대한 자신이 없기 때문에. 그런데 다름 아닌 문학 이야말로 이런 진실들에 뿌리를 내리고 태어나는 것임에도 불구하고.

10. 31.

월요일 오후 3시 — 처음으로 혼자서 집으로 돌아왔다. 이제 나는 이 집에서 완전히 혼자 살 수 있어야 하리라. 그러자 동시에 분명해진 사실: 이곳을 대신할 수 있는 장소는 없다.

10. 31.

　나의 어떤 부분은 절망으로 잠들 줄 모른다; 그런데 그와 동시
에 나의 또 다른 부분은 생각을 하면서 끊임없이 하잘것없는 일
들을 정리하려고 애를 쓰고 있다. 이건 병이라는 느낌.

10. 31.

때로, 아주 잠깐 동안, 넋이 나간다 — 마치 순간적인 무감각 상태처럼. 하지만 그렇다고 그것이 망각의 상태는 또 아니다. 이런 일이 나를 경악케 한다.

10. 31.

새로운, 이상한 강렬함이 있다. 그 강렬함으로 나는 거리를 지나는 사람들의 아름다움과 추함을 받아들인다.

11. 1.

아주 자주 나를 화들짝 놀라게 만드는 것: 딱딱하게 굳어버린 슬픔 ─ 경화증에 걸린 것처럼.

〔경화증에 걸린 슬픔은 깊이가 없어진 슬픔이다. 딱딱하게 굳어버린 표면만이 있는 슬픔 ─ 아니, 안에 들어 있는 것을 단단하게 둘러싸서 덮고 있는 각질층들: 그런 각질층들의 커다란 덩어리들〕

11. 1.

기분이 즐거워진 '방심' 상태들이 있다. 물론 정신은 여전히 말짱하지만. 그럴 때 나는 얘기를 하고, 어느 때는 농담도 한다. 그러다가 갑자기 말로 다할 수 없을 만큼 격렬한 감정 상태에 빠진다, 눈물 흘리고 말 정도로.

그 의미를 결정할 수 없는 어떤 상태에 대하여: 한편 이렇게 말할 수 있을 것이다: 나는 지금 여성적인('표피적인') 감수성, 그러니까 '거짓 없는' 고통의 적나라한 이미지에 빠져드는 그런 감수성을 멀리하고 있다고. 그렇다고 느낌이 아주 없는 건 아니지만. 하지만 다른 한편 이렇게도 말할 수 있을 것이다: 나는 지금 밑바닥까지 절망에 빠져서 침착함을 잃지 않으려고, 나를 둘러싸고 있는 모든 것들을 울적하게 만들지 않으려고, 무진 애를 쓰고 있다고. 하지만 나는 자주 더는 그렇게 견딜 수가 없어서 그만 '허물어지고' 만다.

11. 2.

이 기록들 안에 들어 있는 놀라운 어떤 것은 황폐화된 주체, 그러니까 *또렷한 정신 상태* 때문에 폐허가 되어버린 주체다.

11. 2.

(마르코와 저녁을 보내다)

이제 나는 안다, 나의 애도가 엉망이 되리라는 걸.

11. 3.

어느 때는 그녀가 내게서 모든 것을 원한다, 완전한 슬픔을, 슬픔의 절대치를(그런데 그 상태에 이르게 되면 그 슬픔의 절대치를 원하는 건 그녀가 아니다. 그건 그녀가 그걸 내게 원한다고 상상하는 나다). 그러니까 그녀는 내게 모든 일들을 가볍게 받아들이라고, 그렇게 살라고 충고한다(이럴 때 그녀는 정말 어머니가 된다). 예전에 내게 말하곤 하던 어머니가 된다: "애야, 외출을 좀 해라, 밖으로 나가, 나가서 기분을 좀 풀도록 해……."

11. 4.

오늘 아침 내가 가졌던 느낌, 생각, (즉) 슬픔을 가볍게 받아들이자는 충고를, 에릭은 프루스트에게서도 읽을 수 있었다고 아침에 말했다(화자 마르셀과 마르셀의 할머니에게서).

11. 4.

어젯밤 처음으로 어머니의 꿈을 꾸었다; 그녀는 위니프리 Uniprix의 장밋빛 잠옷을 입고 길게 누워 있었다. 하지만 결코 아픈 모습이 아니었다.

11. 4.

오늘 오후 다섯 시경. 모든 것이 서서히 질서를 회복한다. 그러고 나서 마지막으로 다가오는 건조한 외로움. 그 끝에 나 자신의 죽음.

목 안에 덩어리. 깜짝 놀라서 어쩔 줄 몰라 하며 서둘러 차를 끓이고, 편지를 마지막까지 쓰고, 물건을 치운다. 마치 집 안을 새로 정리해서 이제는 '나' 혼자 살기에 편안한 집으로 만들려는 것처럼(어떻게 이런 생각을 할 수 있는 걸까). 하지만 이런 모든 것들을 붙들고 놓아주지 않는 건 결국 나의 절망감이다.

이 모든 것들은 결국 내가 이제 글쓰기로부터 멀어지고 있다는 것이다.

11. 4.

　오후 여섯 시경: 집 안은 따뜻하고, 편안하고, 밝고, 깨끗하다. 열심히 그리고 정성을 다해서 나는 집 안을 정리한다(그러니까 나는 *쓰라린 마음으로 즐긴다*). 이제부터는 그리고 앞으로도 변함없이 나는 나 자신의 어머니인 것이다.

11. 5.

울적한 오후. 잠깐 장을 보러 가다. 제과점에서 (별 생각도 없이) 피낭시에 하나를 산다. 작은 여 점원이 손님을 도와주다가 말한다: 부알라*Voilà*. 마망을 돌볼 때 그녀에게 필요한 걸 가져다줄 때면 내가 늘 말했던 단어. 거의 돌아가실 즈음, 한 번은 반쯤은 정신이 혼미한 상태에서 그녀는 메아리처럼 그 단어를 따라 했었다: 부알라("나 여기 있다."라는 그 말. 그녀와 내가 평생 동안 서로에게 했던 말).

여 점원이 무심코 흘린 이 단어가 결국 눈물을 참을 수 없게 만든다. 나는 오랫동안 혼자 운다(아무 소리도 들리지 않는 집으로 돌아와서).

나의 슬픔은 아마도 이런 것이리라.

나의 슬픔은 그러니까 외로움 때문이 아니다. 그 어떤 구체적인 일 때문이 아니다. 그런 일들이라면 나는 어느 정도 사람들을 안심시킬 수가 있다. 생각보다 나의 근심 걱정이 그렇게 심한 건 아니라는 믿음을 그들에게 줄 수 있는 일종의 가벼움 혹은 자기 관리가 그런 일들 속에서는 가능하다. 나의 슬픔이 놓여 있는 곳, 그곳은 다른 곳이다. '우리는 서로 사랑했다'라는 사랑의 관계가 찢어지고 끊어진 바로 그 지점이다. 가장 추상적인 장소의 가장 뜨거운 지점……

47

11. 6.

솜처럼 안개가 짙은 일요일 아침. 혼자다. 한 주 한 주가 이런 식으로 돌아가게 되리라는 걸 느낀다. 그러니까 이제 나는 그녀 없이 흘러가게 될 긴 날들의 행렬 앞에 서 있는 것이다.

11. 6.

(어제) 내가 분명히 깨달은 것: 그사이 내가 했던 일들은 다 쓸데없는 짓들이다(집 정리하기, 그 안에서 편안해하기, 친구들과 잡담하기, 그 와중에 때로 함께 웃기, 이런저런 계획 만들기 등).

내 슬픔은 삶을 새로 꾸미지 못해서 생기는 게 아니다. 내 슬픔은 사랑의 끈이 끊어졌기 때문이다. 사랑의 단어들이 의식의 수면 위로 떠오르면서 아주 자명해진 내 슬픔의 이유…….

11. 9.

허우적거리면서 나는 겨우겨우 슬픔을 건너가는 길을 찾아나
가고 있다.

끊임없이, 하나도 변하지 않은 채로, 뜨겁게 달아오른 어떤 지
점이 되돌아온다: 말들, 죽음과 싸우면서 그녀가 내게 입김과 더
불어 불어넣곤 하던 말들, 너무도 메마른, 지옥 불처럼 타오르는
고통의 점화점, 나를 완전히 압도해버리는 말들("나의 롤랑, 나의
롤랑" ― "저 여기 있어요" ― "너 앉아 있는 게 불편해 보이는
구나").

― 이 순수한 슬픔, 외롭다거나 삶을 새로 꾸미겠다거나 하는
따위와는 아무 상관이 없는 슬픔. 사랑의 관계가 끊겨져 벌어지
고 파인 고랑.

― 모든 것들이 줄어든다, 글 쓰는 일도, 말하는 일도. 그러나
이것만은 제외하고(그 누구에게도 말할 수 없는 이것).

11. 10.

사람들은 내게 말한다, '용기'를 가지라고. 하지만 용기를 가져야 했던 시간은 다른 때였다. 그녀가 아프던 때, 간호하면서 그녀의 고통과 슬픔들을 보아야 했던 때, 내 눈물을 감추어야 했던 때. 매 순간 어떤 결정을 내려야 했고, 아무렇지도 않은 듯 얼굴을 꾸며야 했던 때. 그때 나는 용기가 있었다.

— 지금 용기는 내게 다른 걸 의미한다: *살고자 하는 의지.* 그런데 그러자면 너무 많은 용기가 필요하다.

11. 10.

이 당혹스러운 부재의 추상성. 그런데도 그 추상성은 뜨겁게 달아오르고 너무 마음을 아프게 한다. 나는 비로소 추상이 무엇인지를 이해한다: 추상은 부재이면서 고통이다, 그러니까 부재의 고통. 그런데 어쩌면 이건 사랑이 아닐까?

11. 10.

슬픔이 너무 지나치다는 생각. 그러자 뒤따르는 일말의 죄의식. 때로 스스로 생각한다, 나의 지나친 슬픔은 결국 너무 예민한 나의 감수성 때문이라고.

하지만 나는 평생 그렇지 않았던가: 항상 너무 지나치리만큼 예민하게 느끼지 않았던가?

11. 11.

외로움=대화를 나눌 사람이 집에 없다는 것. 몇 시쯤에 돌아오겠노라고, 또는 (전화로) 지금 집에 와 있어요, 라고 말할 사람이 더는 없다는 것.

11. 11.

견딜 수 없었던 하루. 점점 비참해지는 날들. 울다.

11. 12.

오늘은 나의 생일. 몸이 아프다. 그러나 나는 이제 그걸 그녀에
게 말할 필요도 없고, 말할 수도 없다.

11. 12.

〔바보 같은 짓〕: 수제Souzay의 노래♦ "내 마음속에는 깊은 고
통이 있네"를 듣다가 그만 눈물을 참지 못한다.

♦ 예전에 내가 그렇게 비웃었던°

○ "L'art vocal bourgeois", *Mythologies*, (Paris: Seuil, 1957) pp.189~191을 볼 것.

11. 14.

어떤 면에서 보면 나는 스스로 거부하고 있다, 나의 근심 걱정의 이유를 어머니의 부재 상태에서 찾으려는 일을.

11. 14.

나에게 온 편지들 안에서 확인할 수 있었던 기분 좋은 사실: 많은 이들이(우리를 모르는 사람들이) 『RB』°를 읽고, 그 안에 들어 있는 그녀에 대한 글을 통해서, 그녀가 어떤 사람인지, 우리가 어떤 관계인지를 잘 알게 되었다는 것. 그러니까 나의 글쓰기는 성공을 거두었던 셈이다. 그리고 지금 역시 좋은 것으로 내게 돌아오는 글쓰기의 성취.

○ *Roland Barthes par Roland Barthes* (Paris: Seuil, 1975).

11. 15.

죽음이 하나의 *사건*이 되는, 다가오고 있는 모험이 되는 때가
있다. 그런 때 죽음은 운동을 일으키고, 흥미를 자극하고, 긴장감
을 깨우고, 행동을 하게 하고, 마비를 일으킨다. 하지만 죽음이 더
는 사건이 되지 못하는 그런 날이 온다. 그때 죽음은 그저 일정한
시간의 연장, 딱딱하고, 뻔하고, 특별한 것도 없고, 지루하고, 이
미 결정되어 있는 것일 뿐이다. 진정한 슬픔은 그 어떤 내러티브
의 변증법보다도 강력하다.

11. 15.

완전히 망가져버린 느낌 또는 불편한 느낌

그러다가 때때로 발작처럼 갑작스럽게 습격하는 활기

11. 16.

나는 이제 가는 곳마다, 카페에서나, 거리에서나, 만나는 사람들 하나하나를 결국에는 죽을 수밖에 없음이라는 시선으로, 그러니까 그들 모두를 죽어야 하는 존재들로 바라본다. ― 그런데 그 사실만큼이나 분명하게 나는 또한 알고 있다, 그들이 그 사실을 결코 알고 있지 못하다는 걸.

11. 16.

때로 욕망들이 습격한다(예컨대 튀니지를 여행하고 싶은); 그
러나 그 욕망은 이전의 시간으로부터 오는 욕망들 — 복고적인
욕망들이다; 그것들은 강 건너 *저편에서*, 어떤 다른 땅에서, 이전
에 있었던 땅으로부터 오는 욕망들이다. — 그 땅은 오늘 돌아보
면 무미건조하고, 메마른 (어디에도 물이 흐르지 않는) — 그래서
우스꽝스럽기만 한 땅이다.

11. 17.

(우울의 발작)

〔그건 V.가 보낸 편지, 뢰유Reuil에서 마망을 보았다는, 그녀가
잿빛 옷을 입고 있었다는, 편지 때문이다.〕

슬픔은 잔인한 영역이다. 그 안에서 나는 불안마저 느끼지 못
한다.

11. 18.

슬픔을 내보이지 말기(혹은 적어도 슬픔에 흔들리지 않기). 그
대신 슬픔 안에 내포되어 있는 사랑의 관계와 그것에 대한 정당한
권리를 거리낌 없이 주장하기.

11. 19.

〔역할의 혼란〕. 수개월 동안 나는 그녀의 어머니 역할을 했다. 내가 잃어버린 사람이 그녀가 아니라 나의 딸이었던 것처럼. (이보다 더 고통스러운 일이 있을까? 전에는 이런 생각을 한 번도 해본 적이 없다).

11. 19.

　깜짝 놀라면서 나는 깨닫는다, 그녀가 나에게 했던 말들에 대
한 기억이 더는 나를 울게 만들지 않는 순간이 이제 왔는지도 모
른다는 사실을…….

11. 19.

파리에서 튀니지까지 여행. 계속되는 비행기들의 정체. 라마단의 마지막 축제를 위해 고향으로 돌아오는 튀니지 사람들로 북적이는 공항들에서 한없이 기다리기. 그런데 왜 그런 교통 정체의 날들은 슬픔에 잘 어울리는 걸까?

11. 21.

    절망, 갈 곳 없는 마음, 무기력: 그래도 여전히 맥박을 멈추지 않는 건 단 하나 글쓰기에 대한 생각. '그 어떤 즐거운 것', 피난처, '축복', 미래의 계획으로서의 글쓰기, 한마디로 말해서 '사랑'으로서, 기쁨으로서의 글쓰기. '신'을 향하는 경건함으로 가득한 어느 여인의 가슴 벅찬 감동들 또한 다른 것이 아니리라.

11. 21.

한편으로는 별 어려움 없이 사람들과 대화를 하고, 이런저런 일에 관여를 하고, 그런 내 모습을 관찰하면서 전처럼 살아가는 나. 다른 한편으로는 갑자기 아프게 찌르고 들어오는 슬픔. 이 둘 사이의 고통스러운 (이해할 수 없는 수수께끼 같아서 더 고통스러운) 파열 속에 나는 늘 머물고 있다. 그리고 거기에 덧붙여지는 또 하나의 괴로움이 있다: 나는 아직도 '더 많이 망가져 있지 못하다'라는 사실이 가져다주는 괴로움. 나의 괴로움은 그러니까 이 편견에서 오는 것인지 모른다.

11. 21.

*마망*의 죽음 뒤에 내가 겪고 있는 소화불량 ─ 그녀가 내게서 가장 걱정했던 바로 그 지점이 마침내 공격을 당한 것처럼: 식사를 제대로 잘 하는 것(병으로 스스로 밥상을 준비할 수 없었던 몇 달 동안에도 그녀의 가장 큰 걱정은 이것이었다).

11. 21.

이 우울이 어디에서 오는 건지를 이제는 알겠다. 올여름의 일기들°을 다시 읽어보면서 나는 '매혹을 당하지만'(사로잡히지만) 동시에 실망한다. 글쓰기의 강렬한 순간 속에 있을 때조차도 우스꽝스럽기만 한 글쓰기. 그러니까 이런 헤어날 길 없는 슬픔 속에서는 글쓰기에도 더는 매달릴 수가 없다는 사실, 나의 우울은 거기에서 오는 것이다.

○ 롤랑 바르트는 1977년 여름에 쓴 이 일기 중의 몇몇 문장들을 에세이 "Délibération"에 삽입했다. *Tel Quel*, Nr. 82, 1979년 겨울호.

11. 21.

저녁

'어딜 가나 지루할 뿐'

11. 23.

　가베스Gabès에서 보내는 쓸쓸한 저녁(바람, 어두운 구름, 초라
한 방갈로, 쳄스 호텔 바의 촌스러운 풍경): 생각들 속에 빠진 채
나는 그 어느 곳으로도 도망갈 수가 없다, 파리로도, 여행으로도.
나는 이제 숨을 곳이 없다.

11. 24.

내가 놀라면서 발견하는 것 — 그러니까 나의 걱정 근심(나의
불쾌함)은 결핍이 아니라 상처 때문이라는 사실. 나의 슬픔은 그
무엇이 없기 때문이 아니라(나는 모자라는 게 없다, 내 생활은 전
처럼 아무 문제가 없다), 그 무엇이 상처받았기 때문이라는 것. 그
리고 그 상처는 사랑의 마음을 아프게 하는 상처라는 것.

1977. 11. 25.

+ 자발적 행동

내가 *자발적 행동*이라고 부르는 그 어떤 상태: 내가 알고 있는 그런 상태는 그러나 마지막에 *마망*이 처했던 그런 극한적인 상태 뿐이다. 거의 꺼져버린 의식의 깊이 속에서, 당신의 아픔은 생각하지 않고, 내게 이렇게 말하던 어머니: "왜 그렇게 불편하게 앉아 있니?" (그때 나는 의자에 앉아서 그녀에게 부채질을 해주고 있었다).

11. 26.

나를 경악 속으로 빠뜨리는 것이 있다: 내 슬픔의 변덕스러운 특성.

11. 28.

그 누구에게 이런 질문을 할 수 있을까(그것도 대답을 얻으리라는 희망을 품으면서)?

우리가 그토록 사랑했던 사람을 잃고 그 사람 없이도 잘 살아간다면, 그건 우리가 그 사람을, 자기가 믿었던 것과는 달리, 그렇게 많이 사랑하지 않았다는 걸까……?

11. 28.

춥다, 밤이다, 겨울이다. 나는 집 안에서 따뜻하지만, 그러나 혼자다. 그리고 이런 밤에 나는 다시 깨닫는다: 이제 나는 이런 외로운 밤을 아주 당연한 일로 받아들이는 데 *익숙해져야만* 한다는 걸, 이런 고독 속에서 행동하고 일하기, 그러니까 저 '부재의 현전'과 *달라붙어서* 늘 함께 살아가는 일에 익숙해져야만 한다는 사실을.

11. 29.

중립°에 대한 메모들을 살펴본다. 다시 메모를 덧붙인다. 진
동(중립 상태와 현존 상태 사이에서 흔들리며 오고 가기).

○   1978년 2월 18일부터 6월 3일까지 콜레주 드 프랑스에서 있었던 강의 「중립Le Neutre」을 준비하면
서 롤랑 바르트가 쓴 방대한 양의 노트에 있는 표제어 중 하나. Roland Barthes, *Le Neutre*, Paris, Seuil/
IMEC, Thomas Clerc가 주석하고 소개한 "Traces écrites", 2002를 보라. 특히 그중에서 "중립의 능동형L'
actif du Neutre", p.116과 "진동L' Oscillation" p.170을 참조할 것.

11. 29.

→ '애도'

나는 독백 속에서 AC에게 나의 슬픔에 대하여 설명한다. 나의 슬픔이 얼마나 혼돈스러운 것인지, 종잡을 수 없는 것인지에 대하여. 그래서 나의 슬픔이 흔히 말해지는, 그러니까 정신분석학이 말하는 그런 슬픔으로는 설명될 수 없는 것이라는 걸. 정신분석학적인 슬픔은 결국 시간의 흐름을 따르고, 변증법적으로 느슨해지고, 조금씩 사라지면서, 마침내 '화해에 이른다.' 하지만 나의 슬픔은 그렇게 즉시 정화되지 않는다. 나의 슬픔은, 그와는 반대로, 물러가지 않는다.

— 내가 이렇게 말하면 AC는 대답한다: 슬픔은 원래 그런 거라고(그러면서 그는 앎의 주체, 수렴의 주체가 된다).

— 나는 그 주체 때문에 고통을 당한다. 나의 슬픔이 수렴되는 것, 일반화되는 것(키르케고르)°을 나는 참을 수가 없다. 그건 마치 사람들이 나의 슬픔을 훔쳐 가버리는 것 같아서다.

° "내가 말을 하면 나는 이미 일반적인 것을 표현한다. 내가 그걸 하지 않으면, 아무도 나를 이해하지 못한다." 롤랑 바르트가 자주 인용하는 문장이다. 쇠렌 키르케고르Søren Kierkegaard의 『공포와 전율Frygt og Baeven』, 프랑스어판은 Crainte et Tremblement, P.-H. Tisseau 옮김, Jean Wahl, Aubier Montaigne 서문, "Philosophie de l'esprit", p.93.

11. 29.

→ '애도'

〔AC에게 설명하는 나의 슬픔〕

줄어들지 않는 것, 소멸하지 않는 것. 그러니까 시간에 굴복하지 않는 것. 카오스적인 것, 종잡을 수 없는 것. 그러니까 순간들(슬픔의 순간/생에 대한 사랑의 순간), 그것이 일어났던 그 순간처럼 지금 여기에서도 똑같이 *생생한 순간들.*

주체는(이 주체는 바로 나다) 현존하는 것이지 현재형 속에 있는 것이 아니다. 이런 현전하는 주체는 정신분석학이라기보다는 전형적인 19세기의 산물이다. 즉 시간의 철학, 시간이 흐르면서 모든 것들은 자리가 바뀌고 변형이 된다는 철학, 즉 모든 것은 치료가 된다는 철학; 유기체론

케이지Cage°를 참조할 것.

○   미국 작곡가 존 케이지John Cage에 대한 연구들에서 '현존'은 핵심 개념이다. 대화집 *For the Birds*에 수록된 케이지와 대니얼 찰스Daniel Charles의 대화를 참조할 것. 이 대화집의 프랑스어판인 *Pour les oiseaux*(Belfond, 1976)가 바르트의 서가에 꽂혀 있었다.

11. 30.

애도에 대해서 말하지 말자. 그건 너무 정신분석학적이다. 나는 슬픔 속에 있는 게 아니다. 나는 슬퍼하는 것이다.

11. 30.

*비타 노바*Vita nova°는 래디컬한 몸짓이다(어떤 단절을 수행하기 — 지금까지 살아왔던 길을 끝내기, 그 필연성).

내게 가능한 길은 둘이다. 그러나 서로 반대되는 두 길:

1. 자유로워지기, 단단해지기, 진실을 따라서 살기

   (과거의 나를 뒤집기)

2. 순응하기, 편안함을 사랑하기

   (과거의 나를 더 강화하기)

○   사랑하는 사람에 대한 애도가 불러일으키는 완전히 새로운 삶, *vita nova*를 향한 이 소망은, 사랑과 애도를 서사적이며 시적으로 표현하기 위해서 *Vita Nuova*라는 표현어를 창안했던 단테로부터 연유한다. 1979년 여름 동안 바르트는 *vita nova*라는 제목으로 어머니, 즉 마망이 주인공이 되는 소설을 구상했다. *Œuvres completes*, 5권, pp. 1007~1018 참조.

11. 30.

우울의 '순간'에 나는 매번 생각한다. 지금 이 순간 나는 나의 슬픔을 실현하고 있다, 고.

다시 말해서: 애도의 온전한 강렬함 안에서

12. 3.

〔FM 바니어와 함께하는 에밀리오의 저녁〕

점점 사람들과 대화를 나누는 일을 피하게 된다(그러면 사람들은 내가 그런 일들을 경멸한다고 오해하고 그런 오해 때문에 나는 또 고통을 당한다). (유세프 방송국에서 방송하는) FMB는 견고하고 (게다가 영리한) 가치 시스템, 코드, 매력, 스타일들을 갖추고 있다. 그런데 그 가치 시스템이 빈틈이 없으면 없을수록 나는 그 밖에 있다는 소외감을 느낀다. 그러면 나는 차츰 싸우기를 그만두고, 뒷걸음질을 치며 물러난다, 나의 이미지 따위는 생각도 안 하면서. 이런 식의 사교적 세계에 대한 무관심이 처음에는 그럭저럭 견딜 만했지만 날이 갈수록 심해진다. 그런데 그런 무관심이 커지면서 가슴 아픈 애착, 단 하나 나에게 생생한 애착, *마망*에 대한 애착도 커진다. 결국 나는 슬픔이라는 구멍으로 굴러 떨어진다.

12. 5.

〔JL을 잃었다는 느낌 ― 그러니까 그가 나를 멀리한다는 느낌〕
그를 잃는다는 건 갈 곳 없이 세상에서 버림받는다는 것, 죽음의
영역으로 다시 끌려 들어간다는 것이리라.

12. 7.

때때로, 지금처럼 갑자기, 마치 거품이 터져버리듯이, 내 안에서 솟구쳐 오르는 확증이 있다: *그녀는 이제 없다, 그녀는 이제 없다, 영원히 그리고 완전히.* 사막 같은 확증, 그 어떤 형용사도 가능하지 않은 확증 — *아무런 의미도 지니지 않는,* 그래서 현기증을 일으키는 확증(그 어떤 의미 분석도 불가능하게 만드는).

이건 새로운 고통이다.

1 2 . 7 .

죽음이 무엇인지를 말하는 (아무런 숨김도 없는) 단어들:

— "이럴 수가 없어!"

— "왜, 도대체 왜?"

— "영원히 끝이야"

등등.

12. 8.

애도: 그건 (어떤 빛 같은 것이) 꺼져 있는 상태, 그 어떤 '충만'이 막혀 있는 그런 상태가 아니다. 애도는 고통스러운 마음의 대기 상태다: 지금 나는 극도로 긴장한 채, 잔뜩 웅크린 채, 그 어떤 '살아가는 의미'가 도착하기만을 기다리고 있다.

12. 9.

애도: 꼼짝도 할 수 없는 상태, 그 어떤 방어수단도 없는 상황.

12. 11.

오늘 적막한 일요일 아침, 울적하고 암담한 마음속에서:

지금 천천히 내 마음속에서 떠오르는 매우 엄중한 (절망적인)
테마가 있다: 도대체 앞으로의 내 삶은 그 어떤 의미가 있는 걸까?

1977. 12. 27.

위르트에서

술을 마시던 중에 설움이 폭발했다.

(버터와 버터통을 사이에 두고 라셸 그리고 미셸과 벌어진 말다툼). 1) 어머니가 아닌 *다른 사람이* '가사를 돌보는' 이 집에서 살아야만 한다는 일의 고통스러움. 위(U.)의 이 집 안에 있는 모든 것이 *그녀의* 일이었고 *그녀의* 집이었음을 기억하게 만든다. 2) 그것이 누구이든 부부는 일종의 블록, 혼자 사는 사람은 그 밖으로 쫓겨나 있는 성곽이다.

1977. 12. 29.

내가 겪는 애도를 (그 어떤 언어로도) 설명할 수 없는 무엇으로 만드는 건 내가 그 애도를 히스테리적으로 표현하려 하지 않기 때문이다: 그리하여 나의 애도는 똑같은 박자로 중단 없이 지속되는 아주 특이한 무엇이다.

1978. 1. 1.

위르트에서, 극심한 그리고 질기게 계속되는 침울함; 멈추지 않는 짜증 상태. 애도는 점점 심해진다, 깊어진다. 애도의 초기에 나는 기이하게도 내가 처하게 된 이 새로운 상황을 (고독을) 탐구해보자는 일종의 흥미를 느꼈었다.

1. 8.

모든 것들이 '아주 잘 풀려간다' — 그런데 나는 그럼에도 불구하고 외롭다. ('버림받은 사람'처럼).

1978. 1. 16.

자꾸만 적어지는 기록들 — 그 대신: 절망 — 늘 갇혀 지내는 불쾌함, 그러다가 돌연히 습격해서 이 불쾌함을 중단시키는 절망감(오늘, 절망. 불쾌함에 관해서 쓰지는 말자).

모든 것이 짜증을 불러일으킨다. 그 어떤 내면의 허무가 버림받았다는 감정을 깨워낸다.

다른 사람들, 그들이 보여주는 생의 의지, 그들의 세계를 나는 견뎌낼 수가 없다. 다른 사람들로부터 멀리 있어야 한다는, 숨어 지내야 한다는 결심이 자꾸만 강해진다〔Y.의 세계를 나는 더 참아낼 수가 없다〕.

1978. 1. 16.

나의 세계: 아무것도 느껴지지 않는 세계. 그 안에서는 그 어떤
소리도 울림을 낳지 못한다 ─ 그 어떤 것도 형상을 갖지 못한다.

1978. 1. 17.

어젯밤의 악몽: 고통의 제물이 되어 힘들어하던 *마망*.

1978. 1. 18.

나를 갈가리 찢어지게 만들지만 동시에 다시 정신 차리게 만드는 것. 그건, 돌이킬 수 없다, 라는 엄연한 사실이다(이 괴로움을 막을 수 있는 그 어떤 히스테리적인 방어기제의 가능성도 내게는 없다. 내가 안고 있는 문제 그 자체가 어찌 해볼 수 없도록 결정적인 것이기 때문에).

1978. 1. 22.

나는 외롭고 싶지 않다. 하지만 나는 외로움이 필요하다.

1978. 2. 12.

내 마음을 무겁게 만드는 것(불편하게 만들고 용기를 잃어버리게 만드는 것). 그건 너그러움이 이제는 없다는 감정이다. 나는 이 사실이 너무 고통스럽다.

그런 괴로움은 어쩔 수 없이 너그러움 그 자체였던 *마망*의 모습을 불러들인다(그녀는 내게 늘 이렇게 말해주곤 했다: 넌 참 좋은 사람이란다).

어머니가 돌아가셨을 때, 어쩌면 나는 지극히 '선한 마음'으로, 그러니까 모든 편협함, 질투심, 허영심들을 다 버린 마음으로 그녀의 죽음을 받아들여서 승화시키려고 했는지 모른다. 그런데 지금 나는 날이 갈수록 '고결함'을 잃어가고 '너그러움'을 잃어간다.

1978. 2. 12.

눈이 내렸다. 파리에 폭설이 내렸다. 참 드문 일이다.

나는 그렇게 혼잣말을 한다. 그리고 그 혼잣말이 나를 아프게 한다: 그녀는 결코 지금 여기에 있을 수 없으리라, 이 눈을 보기 위해서, 이 눈 소식을 나로부터 듣기 위해서.

1978. 2. 16.

오늘 아침에는 더 많은 눈. 그리고 라디오에서 흘러나오는 독일 가곡들. 너무 삭막한 마음 — 어린 시절 병이 나서 학교에 가지 않아도 되었던 날들을 생각한다. 오전 내내 그녀와 함께 있을 수 있어서 행복했던 날들.

1978. 2. 18.

애도: 애도의 슬픔은 변하지 않는 슬픔, 특발적特發的인 슬픔이
라는 걸 나는 이제 안다. 이 슬픔은 *사라지지 않는다*. 이 슬픔은
지속적으로 머무는 슬픔이 아니기 때문에.

세상일의 귀찮음과 성가심이 가져오는 단절들과 산만함들은
우울만을 증가시킬 뿐이다. 하지만 (애도의 슬픔을 특발적인 것
으로 만드는) 어떤 '변화들'은 내적인 고요와 침잠으로 다가가게
만든다. 그러면 슬픔이라는 상처가 보다 높은 사유로 건너간다.
상투성(히스테리의)≠고결함(혼자 있음의).

1978. 2. 18.

처음에 나는 생각했었다, *마망*의 죽음이 이제 나를, 사교 모임 따위는 전혀 필요 없는 '강한' 사람으로 만들어줄 거라고. 그런데 그사이에 나는 영 다른 사람이 되었다: 나는 전보다 더 면역력이 없어져버렸다(당연하다: 외로움이라는 상태 속에 들어 있는 어떤 허무 앞에서).

1978. 2. 21.

〔기관지염. *마망*을 잃은 뒤에 생긴 첫 번째 병〕

아침 내내 끝없이 *마망* 생각. 이런 우울은 싫다. 아무런 변화도
가져오지 않는 불변의 상태에 대한 혐오감.

1978. 3. 2.

마망의 죽음을 견뎌내게 하는 무엇. 그것은 일종의 자유의 향
유와 같은 것을 닮았다.

1978. 3. 6.

　내가 늘 두르고 다니는 검은색 혹은 회색의 목도리처럼 내가
입고 다니는 외투도 침울하다. 이런 내 모습을 *마망*은 분명 그냥
놔두지 않았을 거라는 생각을 한다. 그러자 내게 말하는 그녀의
목소리가 들린다. 좀 색깔이 있는 옷을 입고 다니렴.
　처음으로 색깔이 있는 목도리를 두른다(체크무늬가 그려진).

1978. 3. 19.

　M.과 내가 똑같이 느끼는 것. 우리가 역설적으로 (그러니까 일을 하자, 잊어버리자, 세상을 둘러보자, 라고 말하면서) 일에 열중하고 일에 쫓기는 홍분 상태 속에서 우리 자신을 잊어버리면, 그때 가장 깊은 비애 속에 빠지고 만다는 사실. 내면 안에 머물기, 조용히 있기, 혼자 있기. 오히려 그때 슬픔은 덜 고통스러워진다.

1978. 3. 20.

이런 말이 있다(마담 팡제라°가 내게 하는 말): 시간이 지나면 슬픔도 차츰 나아지지요 ─ 아니, 시간은 아무것도 사라지게 만들지 못한다; 시간은 그저 슬픔을 받아들이는 *예민함*만을 차츰 사라지게 할 뿐이다.

○ 1976년 6월 6일 80세의 나이로 사망한 가수 샤를 팡제라Charles Panzera의 부인인 듯하다. 1940년대 초 바르트는 동료인 미셸 들라크루아Michel Delacroix와 함께 샤를 팡제라에게서 성악 교습을 받았다.

1978. 3. 22.

만일 이 근심이, 이 슬픔이, 유람선처럼 먼 길을 가는 속도로
천천히 흘러간다면……

1978. 3. 22.

느낌(느낌의 예민함)은 지나간다. 하지만 근심은 늘 제자리다.

1978. 3. 23.

느낌의 예민함(점차 약해지는)과 슬픔 혹은 근심(늘 그 *자리에*
있는) 사이에는 (끔찍한) 차이가 있다는 사실을 깨닫는 것.

1978. 3. 23.

수주일 전부터의 나의 갈망(매번 확인하게 되는). 자유를 다시 찾아야 한다는 것(그러니까 모든 망설임들을 벗어버리고), 사진에 관한 책에 몰두할 수 있는 자유를 다시 찾아야 한다는 것. 다시 말해, 나의 울적한 마음을 글쓰기 안으로 옮겨서 자리 잡게 한다는 것.

매번 확인되는 생각이지만, 지금 내 감정의 '울혈 상태'를 다른 상태로 바꾸고, '위기들'을 변증법적으로 완화시키는 건 글쓰기뿐이다.

― '레슬링에 대하여'는 정리되었으므로 다시 거기로 돌아가는 일은 불필요하다

― 일본: 위와 마찬가지

― 올리비에와의 위기 → 『라신에 대하여 Sur Racine』

― RH와의 위기 → 『사랑의 언어 Discours Amoureux』

〔― 중립에 관한 강의는 아마도 → 갈등 앞에서의 불안을 변형시키기 위한 것?〕°

○ 몇 주 뒤 「중립」 강의 개요에서 롤랑 바르트는 다음과 같이 설명한다. "이 강의가 말하고자 하는 건 다음과 같다: 범주적이고 대립적인 의미 구조를 피하거나 무효화하면서 상호고착적인 담론의 요소들을 유동적인 것으로 만들고자 하는 변조들은 모두가 중립에 중요한 것이다." *Le Neutre, opus cit.,* p.261. 특히 1978년 5월 6일 강의에서는 "갈등들을 피하고, 슬쩍 옆으로 빠져나갈 수 있는 가능성들"(p. 167)을 힘주어 강조한다. 레슬링에 대해서는 *Mythologies*, 일본에 대해서는 *L'Empire des signes* (Skira, 1971), *Sur Racine*, (Seuil, 1963) *Fragments d'un discours amoureux* (Seuil, 1977)을 보라.

1978. 3. 24.

돌처럼 무거운 마음……

(목에 매달린 돌 하나,

마음 바닥까지 내려앉는)

1978. 3. 25.

어제 다미슈에게 한 말. 다정다감한 마음이 사라져간다고, 무거운 마음이 물러가지 않는다고 — 그가 내게 한 말: 그렇지 않아요. 다정다감한 마음은 사라지지 않아요. 당신은 그걸 알게 될 거예요.

어젯밤 *마망*의 죽음에 대한 악몽. 울고 또 울다가 나는 마침내 완전히 파헤쳐진 빈 구덩이가 된다.

1978. 4. 1.

결국에는, 마지막에는, 항상 이런 식이다: 만일 내가 마치 죽은
것처럼 된다면, 그러면 어떨까.

1978. 4. 2.

내가 더 잃어버릴 것이 무엇인가, 지금 이렇게 내 삶의 이유를
잃어버리고 말았는데 ― 그러니까 그 누군가의 삶을 걱정스러워
한다는 그 살아가는 이유를.

1978. 4. 3.

"나는 마망의 죽음 때문에 괴로워하고 있다."

(본질적인 의미로 조금씩 가깝게 다가가는 일)

1978. 4. 3.

절망: 이 단어는 너무 연극적이다. 언어의 영역 안에 있다.

돌멩이 하나.

1978. 4. 10.

위르트에서. 와일러의 영화를 보다. 베트 데이비스가 등장하는 〈작은 여우들〉.

— 어느 한 장면에서 딸들이 '파우더'에 대해서 말한다.

— 어린 시절이 한꺼번에 다시 눈앞에 떠오른다. *마망. 분갑. 모든 것이 다시 존재한다, 지금 여기에. 나는 여기 존재한다.*

→ *나는 늙지 않는다.*

('파우더'가 있던 그 시간 안에 존재하는 것처럼 나는 그렇게 '새롭다')

1978. 4. 12일경

기록을 하는 건 기억하기 위해서일까? 아니다. {이렇게} 기록을 하는 건 나를 기억하기 위해서가 아니다. 그건 망각의 고통을 이기기 위해서다. 아무것도 자기를 이겨낼 수 없다고 주장하는 그 고통을. 돌연 '흔적도 없이 사라져버리고 마는' 그 어디에도, 그 누구에게도 없는 그런 것.

'기념비'의 필연성.

Memento illam vixisse.°

° 그녀가 살았었음을 기억하라.

1978. 4. 18.

마라케시Marrakech

　마망을 잃은 뒤부터 나는 여행을 할 때면 늘 맛보았던 자유롭
다는 인상을 더 이상 느끼지 못한다(잠시 그녀의 곁에서 떠나 있
다는 그 자유의 느낌).

애도   가르데Gardet

『신비학』, 24쪽°

〔빛의 깜박임, 빠르게 지나가는 밝음과 어둠, 궁극적인 어떤 것의 날갯짓〕

(인도)

="그 어떤 래디컬한 언명에 대한 그 무엇으로도 부인할 수 없는 확인, 경험으로 농축되어 지적인 것이 된 *무지*가 알고 있는 길."

── 슬픔의 페이딩fadings=*사토리*Satoris (42쪽을 보라)

"그 어떤 흔들림도 없는 정신"

("일체의 주체-객체 구분이 폐기된")

○ Louis Gardet, *La Mystique* (PUF, 1970)

슬픔   1 9 7 8 . 4 . 2 1 . 카사블랑카°

　마망의 죽음에 대한 생각: 갑작스러운 그리고 금방 사라져버리는 빛의 깜박임, 아주 빠르게 밝았다가 어두워지는 빛, 고통스러운, 하지만 무엇 때문인지 알 수 없는 찌름, 이 찌름이 결정적으로 알려주는 궁극적인 것의 자명함.

애도   카사블랑카

1978. 4. 27.

파리로 돌아가는 아침에

— 이주일 동안 나는 여기서 끊임없이 *마망*을 생각했고, 그녀의 죽음을 괴로워했다.

— 파리에는 물론 여전히 집이 있다. 그녀가 살아 있었을 때 나의 시스템이었던 그 시스템이 있다.

— 여기서, 파리에서 멀리 떨어진 이곳에서, 그 모든 시스템은 무너지고·없다. 그런데 그렇게 '집 밖에서', '그녀'로부터 멀리 '떨어진 곳'에서, 만족한 상태(?) 속에, 가벼운 마음의 상태 속에 있으면, 오히려 나는 더 많이 괴로워한다는 역설적인 사실: '여기서 너는 모든 것을 잊어버릴 수 있는 준비가 다 되어 있다.' 그런데 그럴수록 나는 더 많은 것을 잊을 수가 없다.

애도   카사블랑카

1978. 4. 27.

— 마망의 사망 뒤에 내가 생각했던 것: 이 모든 일은 결국 좋
은 것으로 되어가는 과정이다; 그녀는 이제 더더욱 강력한 모범
(본받아야 하는 존재)으로 살아 있어야 한다. 그러면 나는 모든
속 좁은 마음의 이유인 (구속에 대한) 불안으로부터 자유로워질
것이다〔이제 모든 것은 내게 아무 상관이 없는 일들이 되지 않았
는가? 이 아무래도 상관없음(나 자신에 대해서도)이 그 어떤 선
함의 전제가 아닌가?〕.

— 그러나 괴롭게도 일들은 영 거꾸로 되어버렸다. 나는 여전
히 허영의 행동들, 치졸한 악덕의 행동들을 그만두지 못하고, ‘나
좋으라고’ 줄곧 외출을 하지만 어떤 사람과 진정 에로틱한 관계
를 맺지도 못한다; 이제 내게는 모든 사람들이 나와는 상관없는
사람들일 뿐이다, 심지어 가장 사랑하는 사람들마저도. 그러면
서 나는 — 이건 정말 견디기 어려운 일이지만 — ‘말라버린 가
슴’ — 아케디아l'acédie를 스스로 감지한다.

1978. 5. 1.

마망이 영원히 그리고 완전하게 죽고 없다는 생각과 확인('완전하게': 그 생각에 오래 머물 수가 없기 때문에 오히려 자꾸만 하게 되는 그런 생각이 있다). 그건 정말 말 그대로 (말 그대로, 그러니까 동시적으로), 나 또한 영원히 그리고 완전하게 죽게 되리라는 사실이다.

그런데 이런 애도(지금 내가 겪고 있는 애도)의 슬픔은 래디컬하게 그러니까 새로운 방식으로 죽음을 길들이는 일이다; 왜냐하면 죽음에 대한 의식이 예전에는 그저 남에게서 빌려온 (졸렬한, 다른 사람들°에게서, 철학에서 얻어낸) 것이었다면, 지금 그것은 나 자신의 것이기 때문이다. 지금 내가 고통스러운 건 죽음의 의식 때문이 아니다. 그건 나의 애도 때문이다.

○ 필적이 분명치 않은 이 부분은 '다른 사람들*autres*'이 아니라 '예술들*arts*'이라는 표기일 가능성도 있다.

1978. 5. 6.

오늘 ─ 내내 침울하던 중에 ─ 오후가 끝나갈 즈음 갑자기
참을 수 없는 슬픔의 순간. 너무도 아름다운 헨델의 오페라 〈세멜
레Semele〉 3악장을 듣다가 눈물을 터뜨리다. 마망이 말하던 단어
("나의 롤랑, 나의 롤랑").

1978. 5. 8.

(마침내 글을 쓸 수 있게 되는 날이 임박하다)

이제 끝이다! 심지어 나의 우울에게마저도 생명을 불어넣는 글쓰기, 그 글쓰기를 중단케 했던 곤비하고 길고 지루한 일들은 이제 끝이다, 마침내—

(다른 사람들 때문에 나의 우울로부터, '사유'로부터 격리당하기)

이미지가 아니라 그 이미지에 〔관한〕 사색으로 나는 한껏 팔을 뻗었다.°

○ 이 문장에서 롤랑 바르트는 전치사를 지워버렸다. 롤랑 바르트가 고려했던 두 의미를 독자가 분명히 알 수 있도록 탈락된 전치사 de를 괄호 안에 넣어서 표시한다.

1978. 5. 10.

며칠 동안 밤마다 악몽들. 마망이 병들어 괴로워하는 모습의 이미지들. 경악.

지금 나는 내게 이미 일어나버린 일에 대한 두려움으로 시달린다.

참고할 것. 위니코트: 무너짐에 대한 두려움. 그러나 이 무너짐은 {새로운 것이 아니라} 이미 일어났던 것이다.°

○ Donald W. Winnicott, "La crainte de l'effondrement", *Nouvelle revue française de psychanalyes*, n.11, (Gallimard, 1975) 참조.

1978. 5. 10.

　마망의 죽음 때문에 빠져버린 고독은 이제 그녀와 아무 상관이 없는 영역으로까지 팔을 뻗는다: 일들의 영역으로까지. 어떤 공격들(상처받은 일들)은 일의 영역 안에서 일어난 것인데도 나는 그것들을, 전보다 더 심하게 버림받은 것처럼 자기를 외롭고 불쌍하게 느끼면서 겨우겨우 받아들이게 된다. 이건 내가 직접 도움을 구한 적은 없지만 늘 그 자리에 있었던 의지처가 없기 때문이다.

　온몸을 탈진케 하는 (공황 상태와 같은) 외로움의, 슬픔의 환유.

1978. 5. 12.

〔애도〕

슬픔의 발작들이 연이어 일어나는 것 같지만, 사실은 나는, 그
저 순간적으로, 갑자기, 산발적으로, 불행 속으로 빠져들 뿐이라
는 확신이 있다(그런데 이 확신이 과연 맞는 걸까?). 반면에, 마망
을 잃은 뒤부터 나는 근본적으로, 진실로, 한 번도 중단된 적이 없
이, 그러니까 한 번도 불행하지 않았던 적이 없다는 확신도 있다.
나는 — 암중모색을 하는 것처럼 — 이 두 확신 사이에서 비틀거
린다.

1978. 5. 17.

어젯밤에 보았던 멍청하고 유치한 영화, 〈122〉. 나도 직접 체험했던 스타비스키Stavisky 스캔들의 시대를 배경으로 하고 있는 이 영화에서 기억에 남는 건 아무것도 없다. 그런데 영화 속의 소도구 하나가 갑자기 나를 사로잡는다: 주름 잡힌 천으로 만든 갓과 줄이 아래로 매달린 램프. 마망이 만들었던 것들 — 그즈음 그녀는 납염천을 만들었다.

1978. 5. 18.

　사랑이 그런 것처럼 애도의 슬픔에게도 세상은 비현실적이고
귀찮은 것일 뿐이다. 나는 세상을 거부하면서, 세상이 나에게 요
구하는 것, 세상이 나에게 주장하는 것 때문에 괴로움을 당한다.
나의 슬픔을, 나의 삭막함을, 나의 무너진 마음을, 나의 날카로운
신경을 세상은 자꾸만 심해지게 만든다. 세상이 나를 점점 더 기
운 빠지게 만든다.

1978. 5. 18.

(어제)

카페 플로르에서 본 풍경. 건너편 서점 라 윈la Hune의 창턱에 한 여자가 앉아 있다; 유리잔을 손에 든 여자는 지루해 보인다; 그녀의 등 뒤에는 남자들이 서 있고, 일층 공간은 사람들로 가득하다. 칵테일 파티.

오월의 칵테일 모임. 해마다 때가 되면 열리는 상투적인 사교 모임들은 쓸쓸하고 울적하다. 찌르고 들어오는 아픔. 나는 또 생각한다: *마*망은 이제 없다, 그런데 이 바보 같은 삶은 계속된다.

1978. 5. 18.

마망의 죽음: 어쩌면 살아오면서 내가 처음으로 노이로제 없이 받아들였던 *단 하나의 사건*. 나의 애도는 히스테리적이 아니었고, 그래서 다른 이들은 나의 슬픔을 거의 알 수가 없었다(나의 슬픔을 연극적으로 '마음껏 드러내 보이는 일'이 내게는 역겨웠기 때문인지 모른다). 하지만 좀 더 히스테리를 부리는 일이, 나의 우울을 밖으로 드러내는 일이, 세상을 거부하면서 사교적인 관계들을 모두 끊어버리는 일이, 더 낫지 않았을까. 그러면 분명히 조금은 덜 불행할 수도 있지 않았을까. 이제 나는 안다, 노이로제를 안 갖는 일이 좋은 게 아니라는 걸, 옳은 일이 아니라는 걸.

1978. 5. 25.

*마망*이 살아 있던 동안 내내 (그러니까 지금까지 살아온 나의 삶 동안 내내) 나는 그녀를 잃어버릴지도 모른다는 불안에 시달렸다. 그게 나의 노이로제였다.

그런데 지금 (애도가 나에게 가르쳐준 것이 바로 이 사실인데) 나의 애도는 말하자면 노이로제가 아닌 단 하나 나의 부분이다: 이건 어쩌면 *마망*이 떠나가면서, 마지막 선물처럼, 나의 가장 나쁜 부분, 나의 노이로제를 함께 가져가버렸기 때문인지 모른다.

1978. 5. 28.

애도의 진실은 아주 단순하다: 지금, 마망이 죽고 없는 지금, 나 또한 죽음으로 떠밀려간다(그저 시간만이 나와 죽음 사이를 떼어놓고 있을 뿐).

1978. 5. 31.

왜 지금까지 내가 쓴 모든 글들 속에는 *마망*이 현존하는 것일까: 그건 그 글들 안에는 가장 지극한 단계의 선함이라는 이념이 들어 있기 때문이다.

(JL과 에릭 M.이 『통합 백과사전』 안에서 나에 대해 서술하고 있는 부분을 참조할 것)°

○ *Encyclopaedia Universalis*(1978) 보충판에 들어 있는 'Roland Barthes' 항목.

1978. 5. 31.

내가 필요로 하는 건 홀로 있음이 아니다. 그건 (작업의) 익명
성이다.

나는 분석적 의미에서의 '작업'(애도 작업, 꿈 작업)을 진정한
'작업'으로 완전히 바꾸려고 하고 있다 — 글쓰기 작업.

그 이유는:
(사람들이 말하듯) 커다란 생의 위기(사랑, 애도)를 이겨내고
자 하는 '작업'은 너무 급하게 끝나서는 안 된다. 그런 작업은 나
의 경우 글쓰기를 통해서만, 또 글쓰기 안에서만 비로소 완결될
수 있는 것이다.

1978. 6. 5.

주체는 (이건 점점 분명해지는 사실인데) '인정을 받으려는' 목적을 따라서 행위를 하는 (애를 쓰는) 존재다.

나의 경우를 돌아보자면, 지금 이 시점에(마망이 죽고 없는 지금) 나는 (내가 쓴 책들을 통해서) 인정을 받고 있다. 그런데 이상하게도 ― 어쩌면 내가 틀린 건지도 모르지만 ― 이 사실은 우울한 감정만을 내게 가져오는데, 그건 내가 이제, 그녀가 더 이상 곁에 없으므로, 처음부터 다시 인정을 획득해야 한다는 생각 때문이다. 하지만 또 한 권의 책을 쓰는 일로는 그 인정을 얻을 수가 없다. 지금까지 해왔던 일을 앞으로도 *계속한다는 것*, 책에서 책으로, 강의에서 강의로 이어지는 일을 계속한다는 사실은 생각만 해도 끔찍하기만 하다(왜냐하면 그런 삶이 결국 *내가 죽을 때까지* 끝나지 않을 거라는 사실이 너무도 뻔하니까).
(이제 모든 일들을 그만두고자 하는 노력들도 그 때문이다).

*지혜와 스토이즘의 태도*를 지니면서 (아직은 언제가 될지 분명하지 않지만) 작품을 만드는 일을 다시 시작할 때까지, 나는 (이건 분명하게 내가 감지하는 일인데) 마망에 대한 이 책을 써나가지 않으면 안 된다.

또 하나 자명한 건 지금 내가 인정을 수여하고자 하는 건 *마망*이라는 사실이다. 이것이 이 '기념비'의 모티브다; 그런데:

기념비는 내게 변하지 않는 *지속적인 것, 영원한 것*이 아니다 (나의 사유는 너무도 깊게 모든 것은 소멸한다, 라는 사실 속에 뿌리 박혀 있다: 심지어 무덤마저도 죽어간다). 기념비는 내게 어떤 액트*acte*, 인정을 쟁취해내는 능동적 행위다.

(6월 7일. AC와 함께 〈세잔의 말년〉°이라는

전시회를 관람하다)

마망: 세잔과 비슷한(세잔의 후기 수채화들과 비슷한).

푸른 세잔.

○   1978년 4월 20일부터 7월 23일까지 파리의 그랑팔레에서 〈세잔의 말년Cézanne, les dernières années〉
이라는 전시회가 있었다.

1978. 6. 9.

FW는 고통스러운 사랑 때문에 완전히 망가져 있다. 그는 괴로움을 당한다. 언제나 침울하고, 메말라 있고, 그 무엇에도 흥미를 느끼지 못한다 등등. 하지만 그는 사실 아무도 잃어버리지 않았다; 그가 사랑하는 그 사람은 죽지 않았으니까 등등. 그의 곁에서, 그가 말하는 걸 귀 기울여 들으면서, 나는 침착한 표정을 잃지 않는다. 그에게 주의를 기울이지만 그의 얘기 속으로 들어가서 자신을 잃어버리지 않는다, 마치 *비교도 할 수 없을 만큼 심각한 일* 같은 건 내게 일어난 적이 없는 것처럼.

1 9 7 8 . 6 . 9 .

    오늘 아침 생-쉴피스 교회를 지나다가 소박하게 지어진 낮고 편편한 건축에 끌린다: 교회 건축물 안에 머문다는 것 — 나는 잠시 자리를 잡고 앉는다; 이건 일종의 본능적인 '기도'다: *마망의 사진에 관한 책이 부디 잘 끝나주기를* 기도한다. 그러다가 깨닫는다, 늘 나는 무언가를 갈망하고, 원하면서, 유아적인 욕망 때문에 미리부터 스스로 제 속을 썩인다는 걸. 앞으로 그 어느 날에는 이 자리에 앉아서, 눈을 감고, 아무것도 애쓰며 구하지 않는 날이 있을까……. 니체: 기도하지 말 것. 자기에게로 침잠할 것.

    애도의 슬픔이 나를 데려가서 만나게 하려는 것, 그것이 이 깨어남이 아닐까?

1978. 6. 9.

(애도는)

끝없이 이어지는 게 아니다, 일말의 움직임도 없는 정지 상태다.

1978. 6. 9.

　사랑하는 사람이 살아 있었을 때의 존재와 그 사람이 죽은 뒤에 남겨진 것 사이는 일종의 *하모니*로 이어져야만 한다(나는 그러고 싶다): 위르트에 묻힌 *마망*, 그녀의 무덤, 아브르 가街에 남겨진 그녀의 물건들.°

○　파리 15구역에 바르트의 가족과 친분이 깊었던 개신교 목사가 살고 있었고, 앙리에트 바르트의 물건들은 그가 목회하던 교회의 구제 사업을 위해서 그에게 넘겨졌다.

1978. 6. 11.

오후에 미셸과 함께 마망의 물건들을 정리하다.

아침부터 그녀의 사진들을 들여다보기 시작하다.

(슬픔이 멈춘 것도 아닌데) 또 하나의 이름 모를 슬픔이 시작
되다.

이 중단 없는 새로 시작하기. 시시포스.

1978. 6. 12.

애도의 슬픔으로, 마음의 번민으로 내내 시달리면서도 (그것도 더는 아무것도 할 수 없을 정도로, 결코 거기서 빠져나가지 못할 정도로 그렇게 지독하게), 전혀 방해를 받지 않으면서 (거의 막 돼먹은 아이처럼) 여전히 잘 돌아가는 습관들이 있다. 욕망의 낄낄거림, 작은 탐닉들, 난-널-사랑해라는 욕망 ― 아주 빨리 사라져버리는, 곧 다시 다른 사람에게로 방향을 바꾸는 ― 그런 욕망으로 가득한 담론의 습관들.

1978. 6. 12.

격렬한 슬픔의 습격. 울다.

1978. 6. 13.

애도의 슬픔을 (비참한 마음을) 억지로 누르려 하지 말 것(가장 어리석은 건 시간이 지나면 그것들이 없어질 거라는 생각이다), 그것들을 바꾸고 변형시킬 것, 즉 그것들을 정지 상태(정체, 막힘, 똑같은 것의 반복적인 회귀)에서 유동적인 상태로 유도해서 옮겨갈 것.

1978. 6. 13.

〔어젯밤 M.의 분노. R.의 한탄〕

　오늘 아침 너무 힘든 걸 참으면서 *마망*의 사진들을 다시 들여
다보다. 그러다가 사진 한 장에 완전히 사로잡히다. 필립 벵제 곁
에 서 있는, 온화하고 수줍어하는 작은 소녀 모습(1898년 셴비에
르의 겨울 정원).°
　울고 말다.
　이건 결코 자살 충동이 아니다.

○ 이 사진은 『밝은 방』(Les Cahiers du cinema, Gallimard, Le Seuil, 1980) 제 2부에서 테마로 다루어진다.

1978. 6. 13.

사람들은 (예컨대 마음이 상냥한 세베로의 경우) 슬픔의 이유를 아주 당연한 것처럼 일상적인 현상들로부터 찾으려고 하는 광적인 경향성을 갖고 있다: 그러니까 넌 사는 게 별로 만족스럽지가 못하구나? — 그런데 나의 '삶'은 잘 흘러간다, 아무것도 일상 속에서 모자라는 게 없다; 하지만 아무런 외적인 장애가 없어도, '돌발적인 사건들'이 없어도, 그 어떤 절대적인 결핍의 느낌이 있다: 그러니까 그건 '슬픔'이 아니다. 그건 순수한 *비애*다 — 무엇으로도 대체할 수 없는, 무엇으로도 상징화할 수 없는 그런 결핍감.

1978. 6. 14.

(어머니가 죽고 나서 이제 여덟 달째): 두 번째 애도.

(6. 15.)

　모든 일들은 아주 빨리 다시 시작되었다: 원고들, 이런저런 문의들, 또 이런저런 사람들이 하는 이야기들, 그리고 사람들은 저마다 자기가 원하는 것을 (사랑을 또 인정받기를) 가차 없이 얻어내려고 한다: 그녀가 죽자마자 세상은 나를 마비시킨다, *산 사람은 살아야 하는 거야*, 라는 원칙으로.

1978. 6. 15.

기이한 일: 심한 아픔을 겪고 나서 ─ 어머니의 사진이 가져다
준 사건 때문에 ─ 오히려 *진정한 애도*는 이제부터 시작이라는
느낌(그동안 나를 가두어놓았던 잘못된 애도 작업들의 판자벽이
치워진 것처럼).

1978. 6. 16.

마망의 사진들을 오래 바라보는 일, 그 사진들에서 출발하는
글쓰기 작업에 대해서 내가 갖고 있는 두려움을 나는 Cl. M.에게
털어놓는다. 그러자 그녀는 이렇게 대답한다: 아마 아직은 너무
이른 모양이죠.

(물론 아주 좋은 의도들을 담고 있지만) 늘 똑같은 *의견*이 있
다: 애도의 슬픔은 *점점 익어가는 것*이라는 생각(말하자면, 시간
이 다 차면 저절로 떨어지는 과일처럼 혹은 스스로 터지는 종기처
럼).

그러나 내 경우 애도의 슬픔은 제자리에서 꼼짝도 하지 않는
그런 것이다. 그 어떤 *진행의 과정*도 거기에는 없다: 때문에 *너무
이른* 애도의 슬픔 같은 것도 없다(예컨대 위르트에서 돌아오자마
자 나는 파리의 집을 새로 정리했었다: 이 일을 두고도 사람들은
아마 이렇게 말했으리라: 너무 이르군요).

1978. 6. 17.

첫 번째 애도
거짓된 자유

두 번째 애도
아무런 위안도 되지 못하는 자유
오히려 치명적인 자유,
그 어떤 품위 있는 작업이 이루어지지 못하는 한

1978. 6. 20.

안에서는 싸움을 멈추지 않는 삶과 죽음 (애도의 이중적 의미
처럼 자주 중단되면서) (누가 이 싸움에서 이길까?) — 그런데 밖
에서는 그런 순간에도 이어지는 멍청이 같은 삶(쓰잘 데 없는 일
들, 치졸한 관심사들, 그렇고 그런 만남들).

어떻게 이 싸움을 자기 안에 갇힌 폐쇄적인 삶이 아니라 그 어
떤 예지적인 삶으로 흘러들게 만들 것인가. 이것이 애도의 변증법
이 풀어야 하는 문제다.

1978. 6. 21.

처음으로 이 애도 일기를 다시 읽어보았다. 매번 나는 울고 있었다, 그러나 내가 아니라 그녀에 대해서 말할 때마다 ― 그녀는 한 사람에 대해서 말할 때마다.

이제 예민한 감수성이 다시 돌아온다.
애도의 슬픔이 시작되었던 그 첫날처럼 생생한 느낌이.

후속 일기

1978.06.24.~
1978.10.25.

1978. 6. 24.

자기만의 고유한 슬픔을 지시할 수 있는 기호는 없다.

이 슬픔은 절대적 내면성이 완결된 것이다. 그러나 모든 현명한 사회들은 슬픔이 어떻게 밖으로 드러나야 하는지를 미리 정해서 코드화했다.

우리의 사회가 안고 있는 패악은 그 사회가 슬픔을 인정하지 않는다는 것이다.

(1978. 7. 5.)

(페인터의 프루스트 전기 2권, 68쪽°)

애도의 슬픔/ 울적한 마음

(어머니의 죽음)

어머니를 잃고 나서 프루스트가 말하고 있는 건 울적한 마음 *chagrin*이지 애도*deuil*가 아니다(이 애도라는 개념은 정신분석학적 으로는 새로운 표현이겠지만 사실은 애도를 왜곡하는 표현이다).

○ George D. Painter, *Marcel Proust 1904~1922: Les années de maturité* (Paris, Mercure de France, 1966), G. Cattaui와 R.-P. Vial 번역.

(1978. 7. 6.)

(페인터의 프루스트 전기 2권, 405쪽)

1921년 가을

프루스트는 베로날 과용으로 거의 목숨을 잃을 뻔했다.

— 셀레스트: "언젠가 우리는 모두 여호와의 계곡에서 다시 만나게 될 거예요."

— "당신은 정말 죽은 뒤에 우리가 다시 만날 거라고 믿나요, 셀레스트? 정말 내가 마망을 다시 만날 수 있다면, 난 지금이라도 당장 죽고 싶어요."

1978. 7. 9.

모로코로 여행을 떠나기 위해 집을 나가면서 마망이 누워 있던 자리에 남겨진 꽃을 치운다 ─ 그러자 다시 나를 사로잡는 말할 수 없는 두려움(그녀가 죽을지도 모른다): 위니코트가 했던 말은 얼마나 진실인가: *이미 일어났었던 일에 대한 두려움.* 그리고 더 분명한 사실은: 즉 *다시는 돌아올 수 없는 일에 대한 두려움.* 다름 아닌 이 두 사실이 궁극적으로 *끝나버린 것*이란 무엇인가에 대한 정의다.

슬픔   1978. 7. 13.

물라이 부셸함Moulay Bou Selham에서°

　여름날 저녁 하늘에서 제비들을 바라본다. 그러면서 ― *마망* 생각으로 마음이 찢어지면서 ― 혼자 중얼거린다. 영혼을 믿지 않는다는 건, 영혼들의 불멸을 믿지 않는다는 건 얼마나 야만적인 일인가! 유물론은 진리이지만 그러나 그 진리는 또 얼마나 어리석은 진리인지!

○ 라바트Rabat와 탕헤르Tanger의 중간에 위치한 바닷가의 작은 마을.

슬픔

『잃어버린 시간을 찾아서』 2권, 796쪽°

〔할머니가 돌아가신 뒤 어머니의 모습〕

"······ 할머니가 돌아가신 뒤 어머니의 시선은 추억과 공허 사이의 이해할 수 없는 모순에 고정된 채로 떨어질 줄 몰랐다."

○ Marcel Proust, *À la Recherche du temps perdu* (Paris, Librairie Gallimard, 1956), 'Bibliothèque de la Pléiade', Pierre Clarac, André Ferré 편집.

슬픔   1978. 7. 18.

(카사블랑카)

　다시 *마망* 꿈. 그녀는 내게 이렇게 말했다 ― 아, 너무도 잔인
한 그 말 ― , 너는 사실 나를 진실로 사랑하고 있는 게 아니라
고. 그래도 나는 묵묵히 침착함을 지킬 수 있었다. 절대로 그렇지
않다는 걸 나 스스로 너무나 분명하게 알고 있었으니까.

　죽음은 잠자는 일인지도 모른다는 생각. 하지만 영원히 꿈만
을 꾸어야 한다면 그건 또 얼마나 끔찍한 일인가.

　(오늘 아침은 그녀의 생일. 이날 아침이면 난 늘 장미 한 송이
를 그녀에게 선물하곤 했었다. 메르 술탄의 작은 시장에서 사온
장미 두 송이를 내 책상 위에 꽂다).

1978. 7. 18.

누구나 자기만이 알고 있는 아픔의 리듬이 있다.

슬픔   1978. 7. 20.

우울을 앞세워 무거운 마음을 약물에게 맡겨버리는 짓은 있을 수도 없는 천박한 짓거리다. 마치 이 무거운 마음이 무슨 병인 것처럼, 무슨 '집착'인 것처럼. 그건 모두가 (나를 이상한 사람으로 만들어버리는) 자기 방기일 뿐이다. 이 무거운 마음이야말로 나만이 알고 있는, 나만이 갖고 있는 나의 재보임에도 불구하고……

슬픔   1978. 7. 21.

　메히울라Mehioula에서. — 어디를 가나 마음이 편치 않았는데 (심지어 집으로 돌아가는 날을 앞당길 정도로) 여기 메히울라에서 나는 어느 정도 평온을, 거의 행복에 가까운 마음의 안정을 발견한다; 그러니까 우울함에서 벗어난 마음. 그러면서 나는 도대체 무엇이 나를 견딜 수 없게 만드는지를 깨닫는다. 그건, 비록 그것이 이국적인 것(물라이 부셀함, 카사블랑카)이라 해도 세상 속의 삶이다. 내가 필요로 하는 건 잘 측정된 거리를 두고 멀리 떨어져 있기, 혼자 있음이 허락되지 않는 세상(나의 일상이 그런 세상이다)에서 벗어나 있기다(친구들을 다시 만나는 엘 자디다에서조차도 나는 그다지 편하지가 않았다). 그런데 여기에 나와 함께 있는 건 (비록 그가 내게 말을 걸어도) 말을 잘 알아들을 수 없어서 대화를 나눌 수 없는 모카, 아름답고 고요한 그의 부인, 제멋대로 뛰어다니는 아이들, 우에드Oued의 청년들, 내게 커다란 백합과 노란 글라디올러스 꽃다발을 가져다주는 앙젤, 개들 (때로 밤이 되면 벌어지는 왁자지껄한 소동) 같은 것뿐이다.

슬픔   1978. 7. 24.

메히울라에서

여행들마다 그 길 위에서, 그녀가 생각날 때마다, 결국 내가 외치고 마는 말: *그만 돌아가자!*(나는 집으로 돌아가고 싶어!) ― 나를 기다리는 그녀가 거기에 더는 없다는 걸 알면서도.

(그러면 나는 그녀가 없는 곳으로 돌아가려는 걸까? ― 아니 내가 돌아가려고 하는 곳은, 그곳에 그녀가 더는 없다는 사실을 기억시키는 그 어떤 낯선 것도, 그 어떤 일들도 없는 그런 곳이다.)

〔여기에서도, 내게 필요한 외로움 가까이 머물 수 있고 여행길의 그 어느 곳보다 편한 마음을 지닐 수 있는 여기 메히울라에서조차도, '세상'이 다시 얼굴을 내밀 때마다(카사블랑카에서 찾아온 친구들, 작은 라디오, 엘 자디다에서 찾아온 친구들 등등) 기분은 다시 엉망이 된다.〕

슬픔   메히울라에서

                                    1 9 7 8 . 7 . 2 4 .

　메히울라에서의 마지막 날.

　아침. 태양, 이상한 소리로 지저귀며 노래하는 새, 풍경 속에서
들리는 소음(모터 돌아가는 소리), 외로움, 평온함, 아무것도 나
를 공격하는 건 없다.

　그런데도 ― 혹은 그 어느 때보다 더욱, 이 *순수한* 대기 안에
서, 나는 울기 시작한다, *마망*의 말을 생각하면서, 내 안에서 아프
게 타오르며 내 마음을 폐허로 만드는 *마망*의 말: 나의 롤랑! 나
의 롤랑!(도대체 누구에게 내가 이런 걸 얘기할 수 있을까).

슬픔   1978. 7. 24.

마망이 내게 가르쳐준 것: 육체의 *규율성*: 법칙이 아니라 규율
(강하게 영향을 미치는, 그러나 쉽게 접근할 수 없는).

슬픔   1978. 7. 24.

혹은 Φ°

겨울 정원의 사진: 나는 이 사진의 의미를 분명하게 말하려고
애를 쓰지만 아무 소용이 없다.

(사진: 너무도 분명한 것을 그러나 소리 내어 말하지 못하는
무능력. 그래서 문학이 탄생한다)

'순진무구함': 그 누구에게도 해가 되지 않는 사람.

○   롤랑 바르트가 『밝은 방』을 준비하면서 썼던 노트들에서 사용했던 Photography에 해당하는 기호.
Jean-Louis Lebrave, "Point sur la genèse de *La Chambre Claire*", Genesis 19호 (Paris, 2002), Jean-Michel
Place 편집.

〔어젯밤, 1978. 7. 26, 카사블랑카에서 돌아왔다. 친구들과 레스토랑(파비옹 뒤 락)에서 저녁 식사; 폴이 몰래 자리를 떠나버리고, JL은 그게 둘 사이에 있었던 갈등 때문이라고 생각한다. 그는 정신 나간 사람처럼 폴을 찾으러 갔다가 땀범벅이 되어 다시 돌아온다, 불안해하면서, 죄의식에 잔뜩 젖어서 ― 폴에게 자살 충동이 있다는 걸 상기시키더니 공원 같은 곳들을 뒤져보려고 다시 나간다.〕

토론이 벌어진다: 우리가 어떻게 알겠는가? 폴이 미친 건지 (해프닝) 아니면 막돼먹은 건지 (나는 내가 하는 말을 스스로 들으면서 이렇게 말한다: 그건 *무례한* 짓이라고) (광기가 늘 야기시키는 이런 문제).

→ *그러다가 떠오른 생각: 마망은 내게 가르쳐 주었었다, 누군가를 사랑하면, 그 사람을 절대로 아프게 해서는 안 된다는 걸.*
그녀는 사랑하는 사람을 한 번도 아프게 한 적이 없었다: 이것이 그녀가 어떤 사람인지, 그녀의 '순진무구함'이 무엇인지를 말해주는 정의다.

국립도서관에서   1 9 7 8 . 7 . 2 9 .

보네Bonnet, 29°

어머니를 잃고 나서 프루스트가 앙드레 보니에André Beaunier에게
보낸 편지(1906).

프루스트는 이렇게 말하고 있다: 나는 무거운 마음 안에서만
행복을 발견할 수 있답니다……(평생 병으로 그녀에게 걱정거리
가 되었던 죄의식 안에서만) "끊임없이 나를 괴롭히는 이런 상념
이 없다면, 기억을 하면서, 계속 살아가면서, 어머니와 내가 살았
던 완벽한 동거의 시간 속에서, 아마도 나는 그 어떤 미지의 달콤
함을 맛볼 수도 있을 텐데요."

—— 31쪽. 얼마 전에 어머니를 잃어버린 조르주 드 로리스
Georges de Lauris에게 보내는 프루스트의 편지(1907).

"제가 지금 당신에게 해드릴 수 있는 말은 한 가지뿐입니다:
아직은 불가능하지만 이제 당신은 행복한 순간들을 만나게 될 겁
니다. 어머니가 아직 당신 곁에 있었을 때, 당신은 그녀가 존재하
지 않게 될 오늘과 같은 시간들만을 생각했겠죠. 그리고 지금 당
신은 그녀가 여전히 곁에 있었던 지난날들만을 생각하고 있겠죠.

○ Henri Bonnet, *Marcel Proust de 1907 á 1914* (Paris, Nizet, 1971)

그렇게 과거 속으로 내던져져 있는 일은 참으로 잔인하지만, 그 일에 서서히 습관이 되면, 당신은 차츰 감지하게 될 겁니다. 당신의 어머니가 아주 부드럽게 새로운 삶으로 깨어나 당신에게로 되돌아와서, 그분이 머물렀던 그 자리에, 당신의 곁에, 그 어떤 빈곳도 남기지 않고 다시 존재하게 될 거라는 걸 말이죠. 물론 지금은 그런 일이 아직 불가능합니다. 침착하세요, 그리고 기다리세요, 당신을 산산조각 내어버리는, 그러면서 당신을 어느 정도 바로설 수 있도록 만드는, 저 수수께끼 같은 힘이 찾아올 때까지. 제가여기서 '어느 정도'라고 말하는 건, 그럼에도 불구하고 (어머니를잃어버린) 좌절감은 전부 사라지지 않은 채로 여전히 남아 있게될 것이기 때문이죠. 그렇게 당신도 이제 알게 될 겁니다, 결코 위안 같은 건 찾을 수 없으리라는 걸, 날이 갈수록 더 많이 기억하지않으면 안 된다는 걸, 이 사실을 깨닫는 일이 다름 아닌 위안이라는 걸."

1978. 7. 29.

(히치콕의 영화를 보았다: 〈염소자리 아래서〉)

잉그리드 버그먼(1946년경의 모습): 이유를 정확히 알 수 없기 때문에 어떻게 말을 해야 할지도 모르겠지만, 이 여배우의 신체는 나를 감동시킨다. *마망*을 기억나게 하는 그 어떤 것을 내 마음 안에서 건드려서 깨워낸다: 그녀의 피부색, 지극히 소박해서 아름다운 두 손, 서늘하고 청량한 인상, 나르시스트적이 아닌 여성성……

1978. 7. 31. 파리

　　내가 거주하는 곳은 나의 무거운 마음 안이다. 그리고 그 안에
서 나는 행복하다.

　　무거운 마음 안에서 사는 걸 방해하는 모든 일을 견딜 수가
없다.

1978. 7. 31.

무거운 마음 안에서 살아가는 일, 그 밖에 내가 바라는 건 아무
것도 없다.

1978. 8. 1.

〔어쩌면 이미 기록했던 내용〕

나를 늘 놀라게 하는 일(아픔과 더불어서). 그건 내가 ─ 마침내 ─ 무거운 마음과 손을 잡고 살아갈 수 있다는 사실이다. 이사실은 다시 말해 나의 무거운 마음이 견딜 수 있는 것이 되었다는 걸 의미한다. 그러나 ─ 분명한 건 ─ 그렇게 무거운 마음을 견딜 수 있는 건, 그 무거운 마음을 어느 정도는 (완전히 성공하지 못했다는 느낌을 지닌 채로) 입으로 발설하고, 문장들로 옮길 수 있기 때문이다. 이 악귀를 추방하는 능력, 이 통합의 힘을 내게 부여하는 건 그동안 내가 쌓아 온 교양, 글쓰기에 대한 나의 즐거움이다: 나는 통합한다.° 언어를 수행하면서.

나의 무거운 마음은 표현이 되지 않는다. 하지만 그럼에도 불구하고 말해질 수 있다: 나의 언술이 '견딜 수 없는'이라는 단어를 사용하고 있다는 사실 자체가 즉각적으로 무거운 마음을 어느 정도 견딜 수 있는 것으로 만들어준다.

°전체 안으로 포함시키기 ─ 연합관계 속으로 받아들이기 ─ 함께 살아가기, 공동체가 되기, 분류해서 편입시키기.

1978. 8. 1.

여러 장소들, 여러 여행들은 실망만을 가져다준다. 어디에서도 나는 편안함을 발견하지 못한다. 그래서 금방 외치게 되는 소리: 돌아가고 싶다! (그러나 어디로? 내가 돌아갈 수 있던 곳, 그녀가 있던 곳, 그곳은 이제 어디에도 없다). 나는 내 자리를 찾는다. *시티오*sitio.

1978. 8. 1.

문학, 그것은 내게 이런 것이다: 프루스트가 병에 대해서, 용기에 대해서, 어머니의 죽음에 대해서, 자신의 무거운 마음에 대해서 또 그 밖의 것들에 대해서 쓴 글들, 그리고 고통이 없이는, 진실에 숨이 막히지 않고는, 그 글들을 읽어낼 수 없다는 것.

1978. 8. 1.

애도의 끔찍한 얼굴: 아케디아, 메말라버린 가슴: 아무런 감동도 느끼지 못하는 상태, 사랑에 대한 불능 상태. 도대체 어떻게 내 삶의 너그러움으로 — 혹은 사랑으로 — 다시 돌아갈 수 있는지 알 수가 없어서 불안에 질려 있는 상태. 어떻게 사랑을 해야 한단 말인가?

— 내게 더 가까운 건 프로이트의 모델이 아니라 베르나노스(『어느 시골 신부의 일기』)의 어머니다.

— *마망*을 나는 어떻게 사랑했던가: 그녀가 보고 싶으면 나는 곧 그녀를 찾아갔었다. 그녀를 다시 만나는 일을 마음껏 즐기고 싶어 했다(여행 중에도). 나는 내가 누리는 '자유' 안에 그녀를 함께 묶어 놓았었다. 한마디로 말해서, 나는 철저하게 그리고 세심하게 그녀와 나와 연합시켜 놓았었다. 하지만 지금 내 주변에는 그녀에게처럼 그렇게 내 마음껏 할 수 있는 사람이 없다는 것, 그 절망감이 *아케디아*의 씨앗이다. 어떻게 해볼 수 없는 이 에고이즘.

1978. 8. 1.

애도. 사랑하는 사람이 죽으면 우선은 급성의 나르시시즘이 뒤를 잇는다: 일단은 병으로부터, 간호로부터 벗어나게 되니까. 하지만 그 자유로움은 차츰 빛이 바래고, 절망감이 점점 확산되다가, 나르시시즘은 사라지고 가엾은 에고이즘, 너그러움이 없어진 에고이즘이 대신 그 자리를 차지하게 된다.

1978. 8. 3.

때때로 (예컨대 어제 국립도서관에서 그랬듯) 번개처럼 나를 습격하는 상념이 있다, *마망*은 영원히 더는 세상에 존재하지 않는다는 사실; 어떤 검은 날갯짓(궁극적인 것의)이 내 위로 스쳐가고 나는 숨이 막혀버린다; 그러면 너무 고통스러워서, 살아남으려고 하는 것처럼, 나는 즉각 다른 생각으로 도망쳐버린다.

1978. 8. 3.

혼자 있음에 대한 (활기를 불러일으키는 게 분명한) 나의 욕구를 곰곰이 생각해볼 것: 그런데 내게는 마찬가지로 (그에 못지않은) 친구들에 대한 욕구도 있다.

그러니까 앞으로 이런 식이 되어야 할 것이다: 1) 친구들로부터 에너지를 얻자면, 나의 무기력과 싸워 이기자면, 나는 억지로라도 가끔씩 친구들을 '불러야 한다' ― 무엇보다 전화를 걸어서; 2) 하지만 전화를 거는 일은 나에게 맡겨 달라고 양해를 구해야 한다. 그들이 전보다 드물게, 전보다 덜 주기적으로 내게 소식을 전하게 되면, 그것이 바로 내가 그들에게 소식을 전해야 하는 신호가 되리라.

슬픔   1978. 8. 3.

　이렇게 외칠 시간조차 없는 그런 여행을 하고 싶다: 돌아가고
싶어라!

(1978. 8. 10.)

프루스트, 『생트-뵈브』, 87쪽°

"아름다움이란 우리가 머릿속에서 상상할 수 있는 가장 최상의 유형, 그러니까 우리가 상상으로 눈앞에 떠올리는 어떤 추상적인 것이 아니다. 아름다움은 그와는 반대로 우리가 상상해볼 수 없는 어떤 새로운 유형, 그러니까 실제réalité가 직접 우리에게 드러내는 어떤 것이다."

〔그렇다: 나의 슬픔은 지극한 고통이나 외로움 같은 것이 아니다. 그런 건 다만 추상적인 유형, 메타언어 안으로 포함시킬 수 있는 그런 것들일 뿐이다. 나의 슬픔은 전혀 새로운 유형의 어떤 것이다.〕

○   Marcel Proust, *Contre Sainte-Beuve* (Paris, Gallimard, 1954), Bernard de Fallois 편집. (바르트가 언급한 쪽수는 1965년에 출간된 'Idées-Gallimard' 선집 문고판을 말한다. 1954년판에서는 80쪽)

1 9 3

1978. 8. 10.

프루스트, 『생트-뵈브를 반박하면서』, 146쪽

프루스트가 어머니에 대해서 쓴 이런 문장:

"어머니의 얼굴이 가지고 있는 아름다운 표정…… 기독교적인 부드러움과 장세니스트적인(청교도적인) 담대함이 함께 담겨 있는 표정……"°

° 프루스트가 쓴 원문(1954년판에서 128쪽)은 이렇다. "유대인의 얼굴인 어머니의 얼굴은 기독교적인 부드러움과 장세니스트적인 담대함이 뚜렷한 아름다운 특징들을 지니고 있었다. 이 얼굴의 특징들은 작은 수도원 같은 가족 안에서 어머니를 에스더Esther로 만들었는데, 그건 침대 안에 누워 있던 폭군적인 환자를 달래려는 어머니의 고심 때문이었다." 롤랑 바르트는 어머니의 종교를 염두에 두고 '청교도적인'이라는 부가어를 괄호 안에 삽입했다.

(1978. 8. 10.)

『생트-뵈브』, 356쪽

"우리 아무 말도 하지 말아요."

프루스트가 어머니와 작별을 나누는 너무나 가슴 아픈 문장
들:

"그런데 말이다. 내가 네 곁을 떠나 있게 되면 어쩌지, 몇 달 동
안, 몇 년 동안, 그리고 아주 더 오랫동안……"

"우리 아무 말도 하지 말아요…… 등등."

그러고 나서: "나는 이렇게 말했다. (……) 영혼들은 영원히 살
아 있어서 언젠가는 다시 하나가 된다는 말이 정말일 수도 있을
거예요……."

(1978. 8. 10.)

성경을 읽다가 갑자기 혼란스러워진 마음. 죽은 나사로를 다시 살려내기 전에 그를 사랑하는 마음 때문에 눈물을 흘리는 예수(요한복음, 11장).

"주님, 주님이 사랑하셨던 나사로가 병들어 누워 있습니다."

"나사로가 병들었다는 말을 들은 뒤에 예수는 그곳을 떠나지 않고 이틀을 더 묵었다."

"우리의 친구인 나사로가 잠이 들었구나; 이제 내가 가서 그를 다시 깨우리라." 〔부활〕

…… 예수는 "비통함으로 온 마음이 어두워졌다" 등등.

그리고 11장 35절: "주여, 오셔서 보옵소서!" 그러자 눈물을 흘리는 예수. 그 모습을 본 사람들이 말했다: "보라, 그가 정말 나사로를 지극히 사랑했었구나!"

그때 예수는 다시 한 번 온 마음이 비통함으로 어두워졌다……

(1978. 8. 10.)

〔프루스트가 그리는 방금 전에 돌아가신 할머니 초상화(『연대기』, 72쪽°)

“그래, 나는 보았었다, 할머니의 눈물을, 할머니의 눈물이면서 어린 소녀의 눈물이기도 한 눈물을……”〕

○　Marcel Proust, *Chroniques* (Gallimard, 1927), Robert Proust 편집. 여기서 언급된 텍스트의 제목은 '할머니'이며, 프루스트는 이 텍스트를 1907년 7월 23일자 *Le Figaro*에 게재했다. 강조는 롤랑 바르트에 의한 것이고 쪽수가 바뀌었다. 실제 쪽수는 67~68쪽.

1978. 8. 11.

슈만의 앨범을 뒤적이려고 할 때, 즉각 떠오르는 기억: *마망은 슈만의 인테르메조들을 사랑했었다*……(내가 언젠가 한 번 라디오에서 들었던).

마망: 그녀와 나 사이에는 거의 말이 없었다. 나는 늘 '말없이' 지냈으니까(프루스트가 인용한 라브뤼예르가 사용했던 단어). 하지만 바로 그렇기 때문에 지금 나는 그녀가 무엇을 좋아했는지 또 무엇을 싫어했는지를 아주 사소한 것들까지도 기억할 수가 있다.

1978. 8. 12.

(『하이쿠』, 뮈니에, 22쪽°)

8월 15일까지 이어지는 휴일의 조용함. 라디오에서는 바르톡의 〈목각 왕자〉가 흘러나오고, 나는 책을 읽는다(바쇼의 긴 여행기, 그중에서 카시노의 절을 방문하는 장면): "우리는 오랫동안 지극한 적막 속에 앉아 있었다."

갑자기 사토리의 순간과 만난 것 같은 느낌, 온화하고 행복한 마음. 마치 이제는 내 슬픔이 가라앉은 것처럼, 한 단계 높은 곳으로 승화된 것처럼, 화해를 만난 것처럼, 사라지지 않고 더 깊어진 것처럼 ― 그러니까 이제 '나를 다시 찾은 것'처럼.

○ Roger Munier, *Haïku* (Paris, Fayard, 1978) Yves Bonnefoy 서문, 'Documents spirituels' 선집.

1978. 8. 18.

왜 더는 여행을 끝까지 견딜 수가 없을까? 왜 나는, 집을 잃어버린 아이처럼, 내내 '집으로 돌아가고'만 싶은 걸까? 집으로 돌아가도 *마망*은 없는데……

아직도 나는 *마망*과 '이야기를 한다(현재형으로).' 하지만 이 이야기는 마음속에서 나누는 대화가 아니라(나는 마음속에서 그녀와 얘기를 해본 적이 없다), 살아가는 방식 안에서 존재하는 대화다: 매일매일의 일상 속에서 나는 그녀의 가치관을 따라서 살려고 애를 쓴다: 그녀가 했던 것처럼 식사를 하고, 집 안을 정리하면서. 윤리와 미학이 하나가 되는 삶, 비교 불가능한 생활양식, 그것이 그녀가 일상을 보내던 방식이었다. 그런데 여행 중에는 그런 일상의 가사들 안에서 경험하게 되는 '특별함'을 만날 수가 없다 ─ 그건 집에 있을 때에만 가능한 일이니까. 여행은 그래서 나를 그녀로부터 떨어져 있게 만드는 일일 뿐이다. 그녀가 곁에 없는 지금은 더더욱 그렇다 ─ 그녀가 바로 가장 친숙한 일상이었으므로.

1978. 8. 18.

　그녀가 병을 앓았고, 돌아가셨고, 지금은 내가 그 자리를 차지하고 있는 방 한 곳의 벽에, 그러니까 침대의 머리 쪽이 기대어 있는 벽 위에, 나는 성화 한 장을 걸어놓았다(물론 그건 경건한 신앙심 때문이 아니다). 그리고 그 벽 아래 탁자 위에 늘 꽃들을 꽂아놓는다. 이제 나는 여행을 하지 않을 것이다. 나는 늘 여기에 머물 것이다, 이 꽃들이 시들고 마는 일이 결코 일어나지 않도록.

1978. 8. 18.

일상 속에 들어 있는 말없는 *가치*들과 함께 지내는 일(부엌, 거실, 옷들을 청결히 하고 늘 바르게 정리하기. 물건들 안에 들어 있는 과거와 아름다움을 소중하게 간직하는 일) ― 그건 (아무 말도 하지 않으면서) 내가 그녀와 이야기를 나누는 방식이다 ― 그리고 이런 방식으로, 비록 곁에 없어도, 나는 그녀와 여전히 이야기를 나눌 수가 있다.

1978. 8. 21.

나를 울적하게 만드는 일들, 이제는 *전처럼 받아들일 수 없게 된* 여러 경우들(여행들, '유명인들'과의 만남들, 위르트의 몇몇 일들, 은밀한 사랑에의 욕망들)은 대체로 그것들이 이런 생각을 하게 만들기 때문이다: 그녀를 *대신하려는* 것처럼 여겨지는 모든 것들을, 비록 직접적인 것은 아니라고 해도, 나는 도저히 용서할 수가 없다.

그래서 내가 그런대로 기분이 괜찮아지는 때는, 그녀와 함께 지내는 삶이 아직도 *계속되고 있는* 것만 같은 그런 때이다(예컨대 집에 혼자 있을 때).

1978. 8. 21.

　내가 너무도 사랑했었고 너무 사랑하고 있는 이들이, 내가 죽고 또 그들보다 오래 살았던 이들마저 죽고 난 뒤에는, 이 세상에서 아무런 흔적도 없이 사라져버리고 말 거라면, 그렇다면 무엇 때문에 나는 죽어서도 계속 기억되어야 할 필요가 있고, 내가 살았던 흔적을 세상에 남겨둘 필요가 있을까? *마망*에 대한 기억이 나와 그녀를 알았던 이들이 죽은 뒤에도 세상에서 살아남지 못한다면, 내가 죽은 뒤에도 기억되어 차갑고도 위선적인 역사의 어딘가에서 계속 살아남게 된다는 게 도대체 무슨 소용이 있을까? 나는 나 혼자서만 '기념비'가 되고 싶지는 않다.

1978. 8. 21.

무거운 마음은 이기적이다.

나는 나에 대해서만 말한다. 나는 그녀에 대해서는 아무 말도 할 수가 없다. 그녀가 어떤 사람이었다고 말하지도 못하고, 그녀의 깜짝 놀랄 만한 초상을 그릴 수도 없다(지드가 마들렌의 초상을 그렸던 것처럼).

(그럼에도 불구하고: 모든 것은 진실이다: 그녀의 부드러움, 활기, 고매함, 선함.)

1978. 8. 21.

무거운 내 마음과는 너무나 다르고 그래서 늘 역겹게만 여겨
지는 것: 잘난 척하면서 비꼬는 어투의 『르몽드』를 읽는 일.

1978. 8. 21.

JL에게 설명하려고 애쓰다(그러나 내가 택할 수 있는 건 문장 뿐):

평생 동안, 유년시절부터 나는 늘 *마망*과 함께 있는 것이 기쁨이었다. 하지만 그건 습관이 아니었다. 나는 위르트에서의 휴가를 즐겼다. (시골을 특별히 좋아했던 것도 아니면서) 그건 위르트에 있을 때에만 그녀와 온전히 함께 있는 것 같았기 때문이다.

1978. 9. 13.

이 나의 슬픔
이 나의 무거운 마음
이 혐오스럽기 짝이 없는
에고이즘(에고티즘)

내가 준수해야 하는 모럴°

— 비밀을 혼자 간직하는 용기

— 용감하게 싸우는 일을 그만두는 용기

° 날짜가 기록되지 않았지만 순서대로 배치된 이 메모는 사선으로 지워져 있다.

1978. 9. 17.

마망의 사망 뒤에 커다란 집필 프로젝트를 실현시키려고 무진
애를 쓰는데도 불구하고 — 혹은 애를 쓰기 때문에 — 점점 더
사라져버리는 내가 쓰고 있는 것에 대한 자기 신뢰감.

(1978. 10. 3.)

어머니의 자족적이고 검소했던 삶. 물론 그녀가 당신만의 물건을 소유하지 않았던 건 아니다(금욕주의자가 아니었으니까). 하지만 그 물건들은 아주 적다. 마치 그녀가 죽은 뒤에도 자신과 그 물건들이 '분리당하지' 않고 함께 있기를 원했던 것처럼.

(1978. 10. 3.)

그녀 없이 지낸 날들이 얼마나 오래되었는지.

1978. 10. 6.

〔오늘 오후 오래전부터 약속되어 있던 일을 귀찮은 심정으로 해치우다. 콜레주에서의 강연 → 온 세상이 다 강의실로 몰려들 것만 같은 생각 → 아주 예민해진 기분 → 두려움. 이 두려움에 대해서 새롭게 발견한(?) 다음과 같은 사실들:〕

두려움: 내 마음의 중심에는 두려움이 있다고, 나는 늘 말하고 또 써왔었다. *마망*이 죽기 전에 이 두려움은 그녀를 잃어버릴지도 모른다는 두려움이었다.

그런데 그녀를 잃어버린 지금은 어떠한가?

나는 여전히 두려워한다, 그것도 전보다 더 많이. 그러니까 두려움에 대해서 나는 전보다 더 면역력이 약해졌다(뒤로 물러나려는 생각, 은퇴할 생각을 하는 것도 이 두려움으로부터 나를 온전하게 보호할 수 있는 피난처를 찾기 때문이다).

— 두려움, 하지만 지금 나는 무엇을 두려워하는 걸까? 나 자신의 죽음을? 물론 그렇기도 하다. 하지만 그것이 두려움의 본질적인 이유는 아닌 것 같다. 아니, 분명 아니다. — 죽는다는 것, 그건 다름 아닌 *마망*이 치렀던 일이 아닌가(그래서 나도 죽으면 그녀를 다시 만날 수 있으리라는 마음이 놓이는 환영).

— 내 두려움의 진실은 그러니까 이런 것이다: 나는 지금 위니코트의 정신병 환자처럼 이미 전에 일어났던 재앙을 두려워하고 있다. 말하자면 이미 일어나버린 어떤 재앙을 나는 끊임없이 새로운 방식으로 바꿔가면서 두려워하는 거다.

— 상념이 여기에 미치자 한꺼번에 쏟아지는 생각들, 결심들.

— 이 두려움을 쫓아버리자면 두려움이 있는 바로 그곳으로 들어가야 한다(몸이 얼마나 떨리는가를 관찰해보면 금방 찾을 수 있는 장소들).

— 마망에 대한 텍스트를 쓰지 못하도록 방해하고 막아서는 모든 것들을 무슨 일이 있어도 제거하기: 적극적으로 일을 하면서 무거운 마음과 결별하기: 무거운 마음이 적극적인 작업으로 건너가게 만들기.

〔두려움을 열어버리기(벗어버리기, 풀어버리기), 그것이 이 기록의 마지막 텍스트가 되어야 하리라.〕

(1978. 10. 7.)

새롭게 주목하게 된 사실. *마망의 고유한 특징들이었던 몇몇 사소한 일들.* 그 일들을 이번에는 내가 저지른다. 열쇠, 시장에서 산 과일, 그런 것들을 나는 자주 까먹는다.

수시로 깜박하는 건망증상들은 평소 내가 그녀의 *전형적인 특성*이라고 여겼던 것이다(그때마다 그녀가 낮게 탄식하던 소리). 그 건망증이 이제 내 것이 되어간다.

1978. 10. 8.

마망의 죽음은, 모든 사람들은 죽는다는, 지금까지는 추상적
이기만 했던 사실을 확신으로 바꾸어주었다. 그리고 여기에는 그
어떤 예외도 없으므로, 이 논리를 따라서 나 또한 죽어야만 한다
는 확신은 어쩐지 마음을 편하게 해준다.

1978. 10. 20.

마망이 떠나가고 일 년이 되는 날이 가까워온다. 그날(10월 25
일)이 오면 그녀가 또 한 번 죽을 것만 같은 두려움이 점점 더 커
진다.

1978. 10. 25.

*마망*의 일주기.
종일을 위르트에서 보내다.

위르트, 이 텅 빈 집, 공동묘지, 또 하나의 새로운 무덤. 이 무덤
은 그녀에게 너무 높고 너무 크다. 마지막에 *마망*은 그토록 가냘
프고 작았었는데. 조여든 가슴은 풀리지 않는다. 나는 완전히 메
말라서 마음속 어디에도 기댈 곳이 없다. 일주기의 상징성, 그런
건 내게 없다.

1978. 10. 25.

톨스토이의 소설 『세르기우스 신부』에 대한 기억(근자에 나는 이 소설의 영화를 보았다. 형편없는 영화). 이 소설의 마지막 에피소드는 이렇다: 신부는 어린 시절 그가 알았던 작은 소녀, 지금은 할머니가 되어, 교회니 성스러움이니 따위는 생각조차 않으면서, 그렇게 *세상에 자기를 드러내지 않으면서*, 주변 사람들을 사랑의 마음으로 걱정하고 돌보아주는 마브라를 다시 만나면서 마음의 평화를 찾는다(생의 의미를 발견하면서 혹은 모든 의미로부터 자유로워지면서). 나는 혼자 중얼거린다: 이게 바로 *마망*이야, 라고. 그 어떤 메타언어, 포즈, 의도된 자기 이미지, 그런 건 그녀에게 없었다. 그것이 다름 아닌 '성스러움'이 아닌가.

〔놀라운 패러독스: 철저하게 '지성인'인 나, 적어도 그렇게 사람들에게 불리는 나, 끝없이 이어지는 메타언어로 빈틈없이 짜인 (그렇게 나를 변호하는) 나, 이 나에게 아무런 언어도 없이, 그 어느 언어에도 매이지 않고 그 어느 언어보다 탁월하게 말하는 그녀의 언어.〕

이후에 쓴 일기

1978.11.04.~
1979.09.15.

1978. 11. 4.

이 애도의 메모들을 기록하는 일이 점점 드물어진다. 서서히
희미해지는 슬픔. 이 현상은 피할 수 없는 변화일까, 망각의 과정
일까? ('병'이 지나가는 걸까?) 과연 그런 걸까…….

하지만 나는 여전히 우울의 텅 빈 바다 위에 떠 있다 ― 그 바
다의 버려진 해안들, 아무것도 보이지 않는 풍경. 나는 더 글을 쓸
수가 없다.

1978. 11. 22.

쇠유Seuil출판사와 인연을 맺은 지가 벌써 25년. 그걸 축하하는 어젯밤의 칵테일파티. 많은 친구들이 찾아왔다 — 그래서 즐거웠나? — 물론이다〔*하지만 그 자리에 없는 마망*〕.

이런 류의 '사교 모임'은 그녀가 더 이상 존재하지 않는 세상의 허영만을 더 돋보이게 할 뿐이다.

파티 내내 '무거운 가슴.'

새벽이 밝아올 때 떠오른 생각 하나. 어제의 깊은 고통은 (오늘 더 견딜 수 없도록 심해진) 분명히 파티에서 보았던 라셸의 모습 때문일 거라는 생각. 어제 저녁 라셸은 찾아온 사람들을 밝게 맞아들이고, 이 사람 저 사람과 잠깐씩 말을 나누면서 아주 우아한 모습이었지만, 그러면서도 앞으로 나서지는 않고 내내 조금 옆으로 비켜서서 '자기의 자리'를 지키려고 했다. 다른 여자들은 그렇지 않았다. 그건 당연하다. 왜냐하면 이제는 세상에서 없어진, 어디서도 찾아볼 수 없는 품위의 자리, 마망이 늘 지키던 자리는 이제 여자들이 원하는 그런 자리가 더는 아니기 때문이다(그녀는 늘 그랬다, 모든 이들을 커다란 너그러움으로 받아들였던 그녀, 하지만 늘 '자기의 자리'를 지키면서.)

(1978. 12. 4.)

　나의 무거운 마음을 글로 옮기는 일이 점점 더 적어진다. 그런데 그럴수록 무거운 마음은 더 심해진다. 쓰기를 그만둔 뒤로 무거운 마음은 더 고착적인 것이 되었다.

1978. 12. 15.

절망감, 패닉(귀찮은 일들, 그래도 해야 하는 일들, 안 써지는 글들), 목을 조이는 것 같은 무거운 마음, 이 모든 것들의 이유:

1) 둘러보면 내 주변에는 나를 사랑하는 많은 이들이 있다. 그들은 모두 나를 도와주려고 한다. 하지만 그들은 모두가 강하지 못하다: 그들은 모두 (우리 모두가) 조금씩은 제정신이 아니고 노이로제에 걸려 있다 — RH 같은 별종은 더더욱 그렇다. 오직 마망만이 강했다. 그 어떤 노이로제, 그 어떤 광기도 그녀와는 상관이 없었다.

2) 강의록을 쓰면서 나는 나만의 소설 *Mon Roman*을 쓰려고 한다. 그러면서 고통스러운 마음으로 마망이 남겼던 마지막 말들 중에서 하나만을 생각한다: *나의 롤랑! 나의 롤랑! Mon Roland! Mon Roland!* 울고 싶은 마음.

〔그녀로부터 시작되는 그 어떤 글들을 쓰지 않으면 (그것이 사진이든 또 다른 무엇이든 간에) 나는 분명히 안 좋은 상태로 빠져들고 말 것이다.〕

1978. 12. 22.

오, 이제는 '영원히 껴안고 살아야 하는' 무거운 마음속에서
가혹하고도 용서 없이 자라나는 깊은 소망이여. 냉철한 마음 간
직하기, 세상으로부터 물러나기, '너희는 이제 나를 위해 근심치
마라'는 단호한 언명, 그런 삶에 대한 소망. 피할 수가 없는 자질
구레한 다툼들, 만들어 보여주어야 하는 포즈들, 이렇게 저렇게
주고받아야 하는 마음의 상처들 ― *계속 살아남자면*, 피할 수 없
이 일어나고 치를 수밖에 없는 이 모든 것들이 다만 바닥 깊은 강
의 수면 위에서 일어나는 지저분하고도 짜증스러운 거품일 뿐이
라는 사실을 냉철하게 깨닫는 *진정한* 의식에 대한 소망.

1978. 12. 23.

사소한 낙담들, 자기를 비방하고, 공격하고, 다그치고, 들볶아 대기, 다 망쳐버린 느낌, 바이오리듬의 침체 주기, 녹초 상태, '노예선'을 타고 있는 것 같은 생활…… 이 모든 것들이 *마망*의 죽음 때문이라는 생각을 멈출 수가 없다. 하지만 나를 지켜주는 그녀가 곁에 없기 때문에 이런 일들이 일어난다는 주장은 사실 말도 안 되는 억설이다. 나는 늘 그녀를 내가 하는 일들과 분리시켜 왔으니까. 어쩌면 바로 그 때문에 지금 이런 어려움들을 겪어야 하는 건지도 모른다. 하지만 지금 내게 달라질 게 뭐가 있을까? 분명한 건, 이제 나는 혼자서 *세상을 배워가야 한다는 것*이다 ― 너무나 힘든 통과제의. 자궁 밖으로 나가기 위해 치러야 하는 고난들.

1978. 12. 29.

물러가지 않는 아케디아, 뒤틀린 마음, 가라앉지도 물러가지도 않는 자질구레한 시기 질투들. 마음 안에서 벌어지는 이 모든 일들은 결국 하나의 사실 때문이다: 나는 나를 사랑하지 않는다.

자기비하의 시기(전형적인 애도의 메커니즘).

어떡해야 마음의 평정을 다시 찾을 수 있을까?

1978. 12. 29.

　어제, 재인화를 부탁했던, *마망*이 어린 소녀였던 때 센비에르의 겨울 정원에서 찍었던 사진을 받았다. 사진을 책상 위에 세워놓고 바라보려고 애를 쓰지만 안 된다. 견딜 수가 없다. 너무 마음이 아프다. 이 사진은 허영으로 가득하고 품위 없는 싸움들뿐이었던 내 삶과 도저히 어울리지 않는다. 이 사진은 그야말로 내 삶에 대한 척도이자 판단이다(이제 나는 이해한다, 사진이 어떻게 성스러워지고 모범이 될 수 있는지를⟶ 사진으로 기억되는 건 동일성이 아니다. 그건 그 동일성 안에 들어 있는 믿기 어려운 표현, '덕성*virtus*'이다).

1978. 12. 31.

무거운 마음의 깊이를 잴 수는 없다. 하지만 그것이 내게 미치는 영향은 (무거운 마음 그것 자체가 아니라 그것이 일으키는 영향이 *방향이 뒤집어진* 일련의 결과물들을 만들어낸다) 내 마음 위에 침전물, 녹, 진흙 같은 것들을 누적시킨다. 그 결과가 뒤틀린 마음(발끈하는 신경질, 역정 내기, 자질구레한 시기심, 사랑이 메마른 마음)이다.

→ 아아, 이게 도대체 무슨 어이없는 모순인가: *마망*을 잃고 나는 그녀와는 완전히 다른 존재가 되어간다. 그녀의 귀한 가치들을 따라서 살고 싶건만 내가 얻어내는 건 그와는 정반대의 것뿐이다.

1979. 1. 11.

…… 너무나 고통스럽다, 이제는 두 번 다시 나의 입술로 촉촉하고 주름진 어머니의 뺨에 키스를 할 수 없다는 사실이…….

〔이 대수롭지 않음
  — 죽음과 무거운 마음, 이것들은 아무것도 아니다: 그저 그렇고 그런 대수롭지 않은 것일 뿐〕

1979. 1. 11.

해야 할 일들, 만나야 하는 사람들, 처리해야 하는 요구사항들. 이 모든 것들이 나를 *마망*으로부터 떼어놓는다는 고통스러운 느낌 — 그래서 '3월 10일'이 오기만을 기다린다. 휴가를 떠나기 위해서가 아니라 그녀가 돌아와서 함께 살 수 있는 시간을 갖기 위해서.

1979. 1. 17.

삶의 결핍 상태가 서서히 구체적인 얼굴로 나타나기 시작한다: 그것이 무엇이든 어떤 새로운 일을 꾸며서 만들어갈 수가 없다(글쓰기는 예외지만). 우정도 사랑도 그 밖에 다른 일들도.

1979. 1. 18.

그녀의 죽음 이후, 그 무언가를 새롭게 '꾸미고 만들어가는 일'이 싫다. 그런데 글쓰기는 예외다. 그건 왜일까? 문학, 그것은 내게 단 하나뿐인 고결함의 영역이다(마망이 그랬던 것처럼).

1979. 1. 20.

작은 소녀였던 *마망*의 사진. 아주 먼 시절의 그 사진은 내 책상 위에 놓여 있고 늘 내 눈앞에 있다. 나는 이 사진을 그저 응시하기만 하면 된다. 그 사진을 그 모습 *그대로* 그냥 받아들이기만 하면 된다(이 사진을 묘사하고 설명하려고 하면 안 된다). 그러면 그녀의 선함이 선물처럼 다가와서 또다시 내 곁에 머문다. 나는 그 선함 속으로 잠기고, 휩싸이고, 완전히 빠져버린다.

1979. 1. 30.

망각이란 없다.

이제는 그 어떤 소리 없는 것이 우리 안에서 점점 자리를 잡아
가고 있을 뿐이다.

1979. 2. 22.

나를 *마망*으로부터 떼어놓는 것(그녀와 함께 있을 수 있는 나의 슬픔으로부터 떼어놓는 것), 그것은 시간의 지층이다(점점 더 자라나는, 점점 더 두꺼워가는). 그녀의 죽음 이후 나는 이 시간의 지층 안에서 그녀가 없이도 살아갈 수 있었고, 그녀가 살았던 아파트에서 살고 일하고 외출을 할 수도 있었던 것이리라.

1979. 3. 7.

왜 나는 어떤 작품들에는 진심으로 열중하지 못하는 걸까, 또 어떤 사람과는 어울릴 수가 없는 걸까(예컨대 JMV 같은 사람)? 그건 미적으로든 윤리적으로든 내 몸 안에 깊이 스며 있는 *가치들*은 모두가 *마망*으로부터 오는 것들이기 때문이다. 그녀가 사랑했던 것, (사랑하지 않았던 것), 그것들이 나의 가치들을 결정적으로 만들어낸 것이다.

1979. 3. 9.

마망과 가난; 그녀의 투쟁, 실망들, 용기. 역사적 포즈가 없는
하나의 서사시.

1979. 3. 15.

1년 반 동안 내가 어떤 길을 걸어왔는지 잘 아는 건 오로지 나 자신뿐이다. 그동안 나는 당연히 해야만 하는 임무들을 미루기만 하면서, 꼼짝도 않고 아무런 변화도 일으키지 않은 채 제자리에 머물러 있는 슬픔의 자기순환적인 길 안에 갇혀 있었다. 그러나 나는 언제나 한 권의 책을 씀으로써 하나의 작별을 마무리짓곤 했었다. 그것이 나의 방식이었다 — 집요함, 은밀함.

1979. 3. 18.

어젯밤 꾼 악몽 하나. *마망*과의 말다툼. 의견 차이, 아픔, 눈물: 꿈속에서 그녀와 나를 서로 다투게 만든 건 어떤 종교적인 것이었다(그녀의 자기결단이라고 말할까?). 그 종교적 결단은 물론 미셸에 대해서도 예외는 아니었다. 그녀는 어떻게 해볼 수 없도록 완강하고 고집스러웠다.

1979. 3. 18.

그녀의 꿈을 꾸는 건 (나는 그녀의 꿈만을 꾼다) 그녀를 보기 위해서, 생생하게 다시 만나고 싶어서인데, 그러나 꿈에서 보는 그녀는 언제나 그와는 다른 *마망*, 나로부터 잘려나간 그녀의 모습일 뿐이다.

1 9 7 9 . 3 . 2 9 . °

    죽은 뒤의 일에 대해서 나는 전혀 생각하지 않는다. 내 글들이
나의 사후에도 계속 읽혀지기를 바라는 마음도 없다(M.을 위해
서라면 경제적인 면을 고려해야겠지만). 아무 흔적도 없이 사라
져버릴 각오가 되어 있고, '기념비'가 되고 싶은 마음은 추호도
없다 ─ 그러나 마망에게도 그런 일이 일어나는 것에 대해서는
견딜 수가 없다(그건 아마도 그녀가 글을 쓴 적이 없고, 그래서 내
가 없으면 그녀에 대한 기억도 사라져버리고 말 것이기 때문일 것
이다).

○ 이날 일기를 쓰고 롤랑 바르트는 『밝은 방』의 집필에 착수했다. 이 책의 말미에는 집필 날짜가 기록 되
어 있다. "1979년 4월 15일부터 6월 3일까지."

1979. 5. 1.

　　나는 그녀와 하나가 아니었다. 나는 그녀와 함께 (동시에) 죽
지 못했다.

1979. 6. 18.

그리스에서 돌아오다

마망이 죽은 뒤로 추억과 해후하는 일이 없어졌다. 나는 늘 지쳐 있고, "나는 기억한다……"라는 문장이 태어날 수 있는, 맥박이 뛰는 마음의 마당도 없어졌으니까.

1979. 7. 22.

계획한 작업°을 어떤 식으로든 '살려보려는' 노력들이 모두 실패로 돌아가고 말았다. 그러자 아무것도 할 일이 없어지고, 완성해야 하는 작품도 없어지고, 그저 단조롭고 뻔한 일들만이 나를 기다리는 그런 상황 속으로 갑자기 내던져지고 말았다. 늘 맥 빠져 있고, 투지도 없고, 허약하기만 한 에너지의 강도 ─ 이런 것이 그동안 작업을 하던 나의 모양새였다. "이래가지고 무슨 일이 된단 말인가?"

─ 그동안 일련의 자기착각들 덕에 알아채지 못했던 사실이 명백하게 얼굴을 드러내는 건지 모른다: 이제는 내가 슬픔 때문에 거의 글쓰기를 수행할 수 없게 되었다는 그 사실이.

애도가 불러들이는 가장 힘든 시험, 통과제의, 핵심적이고도 결정적인 시험.

○ 계획된 소설인 *Vita Nova*가 언급되고 있음이 분명하다. 84쪽 주 참조.

1979. 8. 13.

지내기 힘들었던 위르트에서 돌아오는 기차 안에서, 닥스의 산
정을 지나다가(나와 평생을 함께했던 이 남서부의 빛°), 절망 속
에 빠진 채, 또 마망의 죽음을 생각하다가 울고 말다.

○ "La lumière du Sud-Ouest", *L'Humanité* (1927.9.10) *Œuvres completes*, 5권, pp.330~334 참조.

(1979. 8. 19.)

물론 *마망*에게는 당신만의 어떤 정신적 법칙이 있었고 그걸 우리(미셸과 나)에게 보여주려고 했었다(예컨대 그녀에게는 고결함에 대한 당신만의 표상이 있었다). 하지만 동시에 그녀가 우리가 욕망을 따르고 세상의 이런저런 일들에서 즐거움을 추구하는 걸 막지 않고 열어놓았다. 그녀의 그런 모습은 말하자면 플로베르와는 정반대의 모습이다. 플로베르에게는 '지독하고, 짜증스러운, 늘 그의 내면을 떠나지 않는 불만'이 있었다. 그 불만 때문에 플로베르는 그 무엇에서도 기쁨을 맛볼 수 없었고 마침내는 그의 영혼마저 거의 찢기고 말았다.

1979. 9. 1.

위르트에서 돌아오는 비행기 안에서.

아무 소리 들리지 않아도, 그러나 여전히 생생하게 들리는 고통과 걱정의 소리……("나의 롤랑, 나의 롤랑")

— 위르트에 있으면 나는 울적하고 슬프다.

— 그러면 파리에서는 즐겁다는 건가? 그래, 그런 뒤집기의 결론은 말이 안 된다. 어떤 일에 대해서 반대되는 일이 그렇다고 그어떤 일 자체의 반대가 되는 건 아니다.

거기에 있으면 울적한 한 장소를 나는 떠나왔다. 하지만 거기를 떠나온 일이 나를 즐겁게 만드는 것도 아니다.

1979. 9. 1.

위르트에 갈 때마다 그만두지 못하는 상징적인 습관이 있다. 도착하거나 떠나오기 전에, *마망*의 무덤을 찾아간다. 하지만 막상 무덤 앞에 서면 나는 뭘 해야 하는지 알지 못한다. 기도? 그게 뭘까? 뭘 위한 걸까? 그저 잠깐 동안 해보이는 일체감의 시늉일뿐. 결국 나는 금방 다시 그녀의 무덤을 떠나고 만다.

(게다가 이 공동묘지의 묘들은, 비록 시골풍이 있기는 하지만, 아주 보기가 흉하다⋯⋯)

1979. 9. 1.

무거운 마음, 어딜 가나 편하지 않은 마음, 울적함, 짜증스러움
과 그 때문에 생기는 죄책감, 파스칼이 말했던 '인간의 비참함'이
라는 단어에 속하는 이 모든 것들.

1979. 9. 2.

낮잠. 꿈: 그녀만의 바로 그 미소.

꿈: 온전해서 더 바랄 것이 없는 기억.

1979. 9. 15.

슬프기만 한 수많은 아침들…….

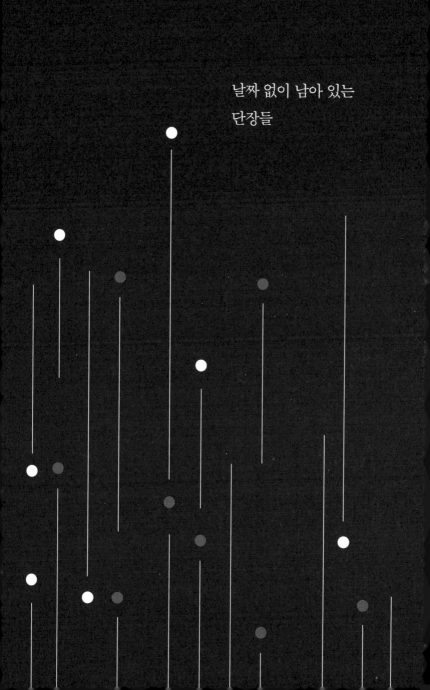

날짜 없이 남아 있는
단장들

〔마망이 죽은 뒤에〕

이제는 그 무엇도 나를 촉발케 하는 일이 없을 거라는 사실이
얼마나 고통스러운지…….

◆◆◆

자살

죽으면 괴로워하는 일도 없게 된다는 걸 어떻게 알 수 있을까?

◆◆◆

내가 죽는다는 생각을 하게 되면 (누구나 그런 생각을 해보는
것처럼) 너무 일찍 죽는다는 두려움이 있다. 하지만 그 두려움 위
로 또 하나의 두려움, 내가 죽으면 그녀에게 견딜 수 없는 고통을
겪게 만들 거라는 두려움이 겹쳐진다.

◆◆◆

그녀와 나 사이에 있었던 진기함에 대하여 ― 우리가 나누었
던 대화들, 주고받았던 말들은 아무런 특별한 의미도 없는 것들
이었다. 정말 그랬다. 하지만 그 안에는 일말의 상투성도, 멍청함

도 없었다 ─ 그 어떤 추태도 없었다…….

◆◆◆

'자연'

시골에서 나서 자란 것도 아니면서 그녀는 얼마나 '자연'을, 더 정확히 자연스러움을 사랑했었는지……. 자연보호자의 제스처 같은 건 그녀에게 없었다. 그런 건 어머니 세대에게 어차피 낯선 것이었으니까. 다만 그녀는 어쩐지 돌보지 않은 것처럼 보이는 정원 같은 곳에서 아주 편안함을 느끼곤 했다.

마망에 대한
몇 개의 메모

1979. 3. 11.

FMB는 반드시 내게 소개시켜줘야 하는 여자가 있다고 고집한다. 엘렌 드 방델. 놀랍도록 섬세하고 세련된 감정 등등을 가지고 있다는 여인(어쨌든 세상에서 사는). 하지만 나는 전혀 관심이 없다. 그 이유는:

— 물론 나는 사람들의 섬세한 감각과 감정을 갈망한다. 하지만 동시에 나는 알고 있다. *마망*은 이 세상에 대해서, 그런 류의 세련된 여인들에게 전혀 관심이 없었다는 걸. 그녀의 세련됨과 섬세함은 (사회적으로) 어디에도 속하지 않는 절대적으로 소속 부재의 그런 것이었다. 그 어떤 계급에도 속하지 않는, 그래서 표식이 불가능한 그런 것이었다.

◆◆◆

1977. 4. 15.

아침에 방문하는 간호사가 *마망*과 얘기를 한다, 아이를 다루는 것처럼 큰소리로, 종교 재판관처럼, 야단을 치면서, 멍청스럽게. 이 여자는 전혀 모르고 있다, 지금 *마망*이 자기에 대해서 엄중한 판결을 내리고 있다는 사실을.

〔멍청함은 바로 이런 걸 두고 하는 말이다.〕

아무도 자기 어머니에 대해서 *머리 좋은* 사람이라고 말하지 않는다, 마치 그런 말이 그녀의 풍부한 감성을 깎아내리고 해치기라도 하는 것처럼. 하기야 머리가 뛰어나다는 게 무엇이겠는가. 자기와 함께 지내는 사람에게 아무런 거리낌도 느끼지 않게 해주는 것, 그것보다 더 높은 지능이 어디 있을까.

◆◆◆

— 마망과 종교
— 그녀는 종교에 대해서 한 번도 말한 적이 없었다.
— 그런데도 바온 사람들에 대한 그녀의 애정
— 그건 주변부 사람들에 대한 영적 교감이었을까?
— 비폭력성

◆◆◆

1978. 6. 7.

기독교: 교회: 그래, 국가와 권력과 식민주의와 부르주아지 등과 결탁되었다는 점에서, 우리는 교회를 심히 비판했었다.

하지만 최근에 갖게 된 확신 하나: 그런데 정말로…… 교회는 지금도 여전히 그런가? 이데올로기들과 모럴 시스템들로 빈틈없이 폐쇄된 오늘의 현실에서 그나마 비폭력적 부드러움을 중요하게 생각하고 있는 영역은 교회가 아닌가?

하지만 여전히 내가 교회를 받아들이지 못하게 하는 건 믿음이다(죄는 말할 것도 없고). 그런데 사실 그것 또한 무슨 문제가 될까? 그 믿음이 폭력 없는 믿음(호전성 없는, 끝까지 개종을 강요하지 않는 그런 믿음)이라면?

기독교인들(기독교 교회): 영광의 승자들이었다가 지금은 신이 내버린 상태로 굴러떨어진 믿음의 모습(정말 그렇다; 그러나 그건 미국만의 모습, 카터와 같은 이들만의 모습은 아닌가?)

알도 모로Aldo Moro 스캔들: 순교자보다 더 훌륭한 사람, 그러나 영웅은 아닌 어떤 사람: *버림받은 사람.*

♦ ♦ ♦

생활의 예의감각들:
자기의 일들을 스스로 처리하기, 남들이 대신하게 만들지 않기

생활을 자기 힘으로 꾸려나가기

마음의 연대 맺기

◆◆◆

내가 사랑하는 사람은 나의 중개자가 된다는 사실. 중요한 조건들 사이에서 선택을 할 때 그 사람이 내 마음의 지주대가 된다는 사실.

파시즘이 나를 두렵게 만드는 이유.

파시즘의 중개자는 무엇일까.

군사 행동이 무엇을 근거로 이루어지는 건지 나는 결코 이해한 적이 없다 ― 이념들 등등.

이념들이 지니는 힘(그러나 회의주의자인 나에게 그런 건 진실의 척도가 못 된다).

나와 폭력의 관계에 대하여.

왜 내가 그 어떤 폭력의 정당화(비록 그것이 진실 때문이라고 해도)에 동조하지 못하는지에 대한 이유: 그건 내가 (견딜 수 없는) 고통을 이길 수가 없기 때문이다(나는 그런 고통을 이겨본 적이 없다: 이건 그녀가 떠난 이후에도 하나도 변하지 않았다). 그러니까 폭력이 야기하는 고통의 희생자는 바로 내가 되고 말기 때문이다.

◆ ◆ ◆

*마망*이라면 어땠을까: 이 모든 것들, 아르헨티나, 아르헨티나의 파시즘, 거기서 일어나는 체포 구금들, 정치적 고문에 대해서?

이런 일들을 보았다면 그녀는 깊이 마음의 아픔을 느꼈을 것이다. 실종된 사람들 때문에 여기저기서 데모를 하는 여자들과 어머니들을 보다가 나는 경악하면서 그 안에서 그녀의 모습을 상상한다. 만일 내가 그렇게 사라져버리고 말았다면, 그녀는 얼마나 마음이 찢어졌을까?

◆ ◆ ◆

완전한 현전
     그야말로 완벽한
아무런 무게도 없는

꽉 들어참, 그러나 중량은 전혀 존재하지 않는

♦♦♦

이렇게 첫 줄을 시작하자:

"그녀와 함께 살았던 시간 내내, 그러니까 내 평생 동안, 어머니는 단 한 번도 나를 질책한 적이 없었다."

♦♦♦

*마망*은 단 한 번도 나를 질책한 적이 없었다 — 그래서 나는 그 어떤 질책도 참지를 못한다.

(FW의 편지를 볼 것)

♦♦♦

마망: 평생 동안 그녀는 공격성을 모르는 공간, 편견과 주장 같은 것을 모르는 공간이었다 — 그래서 그녀는 한 번도 나를 질책한 적이 없었다(질책이라는 단어와 질책 자체에 대해서 내가 받아들이게 되는 끔찍함).

♦♦♦

(1978. 6. 16.)

나는 잘 모르는, 그러나 만나야 하는 어느 여자가 꼭 그럴 필
요가 없는데도 전화를 걸어서 (이건 무례하게 나를 흔들어놓고
방해를 하는 거다) 이런 말을 한다: 버스를 타고 오다가 그 정거
장에서 내리세요, 길을 건널 때 조심하세요, 식사는 하지 마세요
등등.

어머니는 한 번도 이런 식으로 말한 적이 없었다. 한 번도 내가
철모르는 어린애인 것처럼 말한 적이 없었다.

♦♦♦

앙다예의 빌라

어머니가 그다지 행복해하지 않았던 빌라
이 빌라는 그녀의 유산이었다.

○ 해설

바르트의 슬픔

번역이 끝났어도 여전히 번역이 안 된 채로 마음 안에 남아 있는 단어 하나가 있다. '슬픔'이라는 단어가 그것이다. '애도 일기'라는 어두운 텍스트의 밤하늘에 저마다 다른 광도의 별들로 흩어져 빛나는 이 단어를 정확히 무엇이라고 옮겨야 했을까. 애도, 우울, 고통, 비참, 무거운 마음……. 그런 번역어들은 저마다 상황에 따르는 의미를 지시해도 그 의미들은 모두가 어쩐지 모자라고 과녁을 빗나간다. 바르트라면 이 단어를 '부유하는 시니피앙' 또는 '환유의 시니피앙'이라고 불렀을 것이다.

분명한 건 이 단어의 주인이 사랑을 잃어버린 주체, 사랑의 상실 때문에 고독해진 주체라는 사실이다. 사랑은 바르트에게 관계, 즉 '맺어져 있음'이다. 사랑의 상실은 그래서 이 맺어짐의 끊어짐이다. 맺어졌던 것이 끊어지고 나면 끊어진 자리가 남는다. 바르트는 이렇게 쓴다: "나의 슬픔이 놓여 있는 곳, 그곳은 다른 곳이다. '우리는 서로 사랑했다'라는 사랑의 관계가 찢어지고 끊어진 바로 그 지점이다."(1977. 11. 5.) 며칠 뒤에는 또 이렇게 쓴

다: "이 순수한 슬픔, 외롭다거나 삶을 새로 꾸미겠다거나 하는 따위와는 아무 상관이 없는 슬픔. 사랑의 관계가 끊어져 벌어지고 파인 고랑"(1977. 11. 9.) 사랑의 맺어짐이 끊어져서 벌어지고 파인 고랑은 부재의 장소다. 그 사람이 이제는 거기에 존재하지 않는 공백의 공간, 사랑의 주체가 갇혀 있는 상처의 공간이다.

잘 알려져 있듯이 이 사랑의 상처, 부재의 파인 고랑을 치유하는 두 가지 유형을 양립적으로 정리한 사람은 프로이트다. 『애도와 멜랑콜리Trauer und Melancholie』가 그것이다. 애도의 주체와 멜랑콜리의 주체는 다 같이, 처음에는, 상실의 상처 안에 머물면서 사랑의 리비도를 다른 사랑의 대상으로 이동시키기를 거부한다. 그러나 애도는 차츰 이 상처를 인정하고 자기 안에 품으면서 (상처에 대한 자기 책임성을 인정하면서) 내면성의 자아의식을 회복하고 현실 원칙이라는 자기보존의 메커니즘을 따라서 사랑의 리비도를 또 다른 사랑의 객체로 이동시킨다. 프로이트에게 애도 작업은 상실의 사랑으로부터 새로운 사랑으로 건너가는, 정상적이고 건강한 리비도의 경제학이다.

반면 멜랑콜리는 프로이트에게 병리적이다. 멜랑콜리는 상실의 상처를 인정하고 껴안기를 거부하면서 오히려 그 상처를 떠나지 못한다. 하지만 그 상처에의 집착은 상실의 대상에 대한 애통이 아니라 상처를 당한 자기 자신에 대한 거부, 상처를 받아서는 안 되는 자기에게 상처를 준 그 사람에 대한 비난이며 고발이다. 다시 말해 멜랑콜리는 상처 받은 자기, 상처 받아서는 안 되는 자기, 상처 받을 수 없는 자기에게 집착하면서 다른 사랑으로 건너가지 못하고 자기 안에 고여 있는 리비도 현상이다. 프로이트는 이 정체 상태의 리비도를 비경제적인, 그래서 병리적인 나르시시즘으로 규정한다.

바르트의 슬픔은 애도와 멜랑콜리 그 어디에도 속하지 않는다. 그건 바르트의 슬픔이 애도와 멜랑콜리와는 다른 원칙을 따르기 때문이다. 애도와 멜랑콜리는 서로 양립적이기는 해도 하나의 원칙에서 만난다. 그건 상실된 대상의 '대체'다. 애도는 다른 사랑의 대상으로, 멜랑콜리는 자기 자신으로, 상실된 사랑의 대상을 대체한다. 애도와 멜랑콜리는 다 같이 교환의 경제학을 따르는 슬픔의 작업이다. 하지만 바르트에게 사랑의 대상은 경제학의 대상이 아니다. 사랑의 대상은 바르트에게 '대체할 수 없는' 존재다. 대체할 수 없는 사랑이 상실되었으므로 그 상실이 남긴 부재의 공간 또한 그 무엇으로도 채워질 수 없는 '파인 고랑'으로만 남는다. 하지만 이 파인 고랑의 부재 공간은 역설적이다. 그것은 대체할 수 없는 그 사람이 더는 거기에 존재하지 않는 절대 공백의 공간이지만, 그 절대 부재성은 그 공간이 오로지 그 사람 자신으로만 채워질 수 있고 또 채워져야 하는 공간, 그 사람이 반드시 귀환해야 하는 공간임을 역설적으로 방증하기 때문이다. 이 부재의 역설이 바르트의 애도 공간을 특별한 공간으로 만든다.

예컨대 벤야민은 사람의 흔적이 사라진 채 텅 비어 있는 외젠 앗제Eugène Atget의 구파리 풍경사진 공간을 논하면서 부재의 공간을 두 가지로 구분했다. 하나는 거기에 살았던 사람들이 완전히 이사를 가버리고 남겨진 텅 빈 공간이다. 다른 하나는 이제 사람들이 이사 오기를 기다리는, 사람들이 곧 이사를 오게 될 부재의 공간이다. 벤야민은 이 부재의 공간을 '대기 상태의 부재 공간'이라고 명명했다. 사랑의 대상이 사라진 부재의 공간은 바르트에게도 그 사람을 기다려야 하는, 그 사람이 다시 귀환해야 하는 대기 상태의 공간이다. 바르트는 이렇게 기록한다: "애도: 그건 (어떤 빛 같은 것이) 꺼져 있는 상태, 그 어떤 '충만'이 막혀 있는 그런 상태가 아니다. 애도는 고통스러운 마음의 대기 상태다."(1977. 12. 8.)

이 '고통스러운 마음의 대기 상태'는 양가적이다. 그것은 한편 기다림만이 연장되는, 공백 앞에서 부동의 자세만을 강요당하면서, 파스칼이 말하는 '인간의 비참함'만을 확인케 하는, 바르트 자신이 '아케디아'라고 부르는 삭막한 가슴의 상태다. 하지만 또 하나의 대기 상태가 있다. 그건 '그 어떤 소리 없는 것'이 찾아드는, '궁극적인 그 무엇'이 깜빡이는, 애도의 고통 속에서 '새로운 욕망을 눈 뜨게' 만드는 역설적 슬픔의 가슴이다. 바르트는 슬픔과 욕망 사이에 존재하는, 부재의 '가장 추상적인 장소'를 '가장 뜨거운 지점'으로 반전시키는 모종의 '수수께끼 같은 힘'을 프루스트를 빌려서 '공허와 추억 사이의 이상한 모순'이라고 명명한다. 아도르노에게 모순은 자체로 충돌할 수밖에 없는 두 힘의 불화상태일 뿐이지만, 다름 아닌 그 불화 때문에 합리적으로는 불가능한 제3의 무엇이 발생하는 사건의 영역이다. 바르트에게도 모순은 사건의 영역이다. 사랑과 죽음, 공허와 추억, 애도와 욕망이 일으키는 '이상한 모순' 속에서 예기치 않은 사건이 일어난다. 그 사건을 바르트는 '나만의 고유한 슬픔', 나아가 '완전히 새로운 슬픔'이라고 부른다. 이 완전히 새로운 슬픔이란 무엇일까. 무엇이 이 슬픔을 애도와 멜랑콜리의 등식으로는 설명할 수 없는 완전히 새로운 사건이 되게 하는 걸까.

바르트와 어머니의 관계처럼 프루스트와 할머니의 관계는 특별하다. 때로는 어머니조차 엄격해지지만 할머니만은, 이 역시 바르트와 어머니의 관계와 마찬가지로, 한 번도 마르셀을 '질책한 적이 없다.' 하지만 마르셀과 할머니 사이의 특별한 관계는, 사랑의 관계는, 할머니의 생전이 아니라 임종의 침상에서, 사망 뒤에는 더더욱 그 지극함이 드러난다. 할머니에 대한 프루스트의 이 지극한 사랑의 관계는 『잃어버린 시간을 찾아서』 안에서도 백미로 꼽히는 두 에피소드에서 발견된다. 하나는 할머니의 임종 장면에 대한 서술이다. 사랑하는 사람이 단말마의 고통 속에서 통과해가는 죽음의 프로세스를 프루스트는 두 대립적 시선, 즉 냉철하고 객관적인 시선과 상징적–심미적 시선의 교직을 통해서 빼어난 문학적 성취만이 성공할 수 있는 존재의 알레고리로 엮어낸다. 그리고 그 알레고리의 끝에서 죽은 할머니는 처녀로 환생한다: "…… 할머니의 입술 위에는 조용한 미소가 어려 있었다. 그건 마치 죽음이, 중세의 어느 조각가처럼, 할머니를 젊은 아가씨로 다시 살려내어 마지막 침상 위에 뉘어놓은 것만 같았다."(M. 프루스트, 『게르망트 쪽으로』)

그렇지만 죽은 자의 귀환이 문학적 알레고리가 아니라 직접적 실재의 사건으로 체험되는 건, 할머니가 죽고 나서 1년 뒤인 발벡에서다. 「마음의 간헐」이라는 제목이 따로 붙여져 『소돔과 고모라』에 인테르메조처럼 삽입된 에피소드에서 프루스트는 죽은 할머니를 '온전한 현존'으로 다시 만나는 기억의 사건과 해후한다: "…… 발벡을 다시 찾았던 첫날 저녁, 나는 갑자기 심장 장애를 일으켰다. 격렬한 아픔을 멈추게 하려고 구두를 벗으려 허리를 구부리는 순간, 나의 가슴은 너무도 귀중한 어떤 현존감으로 충만해졌고, 그러자 나는 눈물을 흘리면서 어린애처럼 흐느껴 울었다. …… 바로 그렇게 내가 지금 기억 속에서 다시 만난 건, 걱정스러운 그러나 사랑으로 가득한 할머니의 얼굴이었다." 죽은 자가 온전히 현존하는 이 기적의 순간은 그러나 '이상한 모순'의 순간이다. 왜냐하면 이 순간은 죽은 자가 귀환하는 순간이지만 동시에 그가 이미 죽었음이 더는 거부할 수 없도록 자명하게 인식되는 순간이기 때문이다. 프루스트는 이렇게 쓴다: "그러나 할머니가 돌아가신 뒤 처음으로 할머니를 생생하게, 살아 있는 모습 그대로 다시 만나는 이 순간에, 나는 또한 그 어느 때보다도 분명하게 알고 있었다, 할머니는 돌아가셨다는 걸, 할머니는 두 번 다시 내게 돌아올 수 없다는 걸, 할머니는 이제 내게 영원히 낯선 사람이 되었다는 걸." 하지만 프루스트는 이어서 또 이렇게 쓴다: "……그러나 나는 이 고통이 아무리 가혹하다고 해도 온 힘을 다해서 거기에 매달린다. 고통의 못이 아무리 아픈 것이라고 해도 차라리 그 못이 더 아프게 내 마음에 박히기만을 바란다. 왜냐하면 나는 알고 있기 때문이다, 이 고통은 할머니에 대한 생생한 기억으로부터 오는 것이며, 나는 오로지 그 고통을 통해서만 기억의 생생함을 간직하고 그 안에서 할머니를 다시 만날 수 있다는 걸."

『애도 일기』를 기록하던 시기인 1979년 4월 15일 바르트는 또 하나의 애도 작업에 착수한다. 이후 두 달여에 걸쳐 써지는 『밝은 방La Chambre claire』의 집필이 그것이다. 이 애도의 사진 에세이가 착수되기 전 바르트가 어머니의 사진(겨울 정원의 소녀 사진)과 맺게 되는 사랑의 관계는 『애도 일기』 네 곳에서 발견된다: "아침부터 그녀의 사진들을 들여다보기 시작하다."(1978. 6. 11.)
― "사진 한 장에 완전히 사로잡히다. 필립 뱅제 곁에 서 있는, 온
화하고 수줍어하는 작은 소녀 모습(1898년 셴비에르의 겨울 정
원)."(1978. 6. 13.) ― "겨울 정원의 사진: 나는 이 사진의 의
미를 분명하게 말하려고 애를 쓰지만 아무 소용이 없다."(1978.
7. 24.) ― "작은 소녀였던 *마망*의 사진. …… 나는 이 사진을 그
저 응시하기만 하면 된다. 그 사진을 그 모습 그대로 그냥 받아
들이기만 하면 된다(이 사진을 묘사하고 설명하려고 하면 안 된
다)."(1979. 1. 20.)

하지만 바르트는 이 겨울 정원 사진의 침묵을 언어로 번역한
다. 그것이 『밝은 방』이다. 그런데 수많은 사진들이 들어 있는 앨
범이기도 한 이 사진 에세이 안 어디에도 정작 겨울 정원의 어머
니 사진은 존재하지 않는다. 대신 하나의 기호가 그 보이지 않는
사진의 자리를 대신한다. '푼크툼*punctum*'이라는 기호가 그것이
다. 푼크툼은 비록 사진의 침묵을 의미화하는 언표이기는 해도
사실상 그 자신이 아무것도 말하지 않는 또 하나의 절대 기호이
다. 그러나 분명한 건, 이 침묵의 푼크툼 안에서 바르트는, 프루스
트가 그랬듯, 죽은 어머니를 '온전한 현존'으로 다시 만난다는 사
실이다. 『밝은 방』 안에 겨울 정원의 사진이 부재하는 것은 아니
다. 그 부재의 사진은 바르트가 이렇게 확신하는 푼크툼의 순간
에 자명하게 실재한다: "그리고 마침내 나는 어머니를 다시 만났

다!"(『밝은 방』)

　푼크툼은 죽은 자가 귀환하는 순간이다. 프루스트에게 할머니
가 돌아오듯 푼크툼의 순간에 죽은 어머니는 바르트에게 '온전한
현존'으로 귀환한다. 바르트가 이 순간을 사진 안에서 만나는 건
당연하다. 사진을 다만 표층의 기계적 모사로만 알았던 프루스트
와 달리 바르트는 사진의 인덱스*index*적인 본질을 알고 있었다. 사
진 이미지는 단순한 모사 이미지가 아니라 유령 이미지다. 유령이
죽었으면서 살아 있는 존재이듯, 빛의 자국들이 그려놓은 사진의
접촉 이미지 안에서 이미지와 이미지의 대상은 등과 배처럼 맞붙
어 있다. 사진은 말하자면 부재 속의 실재라는, 있을 수 없는 존재
의 실존이 기술적으로 그러나 마술적으로 구현된 이미지이다. 죽
은 자의 귀환은 프루스트에게 여전히 은유적이지만 푼크툼의 순
간은 실제적이다('지각적으로는 허구이지만 시간적으로는 진실
인'). 푼크툼의 순간에 죽은 자는 실제로 귀환한다. 바르트는 죽
은 어머니를 실제로 '다시 만난다.' 그래, 이게 마망이야, 라고 바
르트는 경이에 차서 외친다. 그런데 이 마망은 누구일까? 푼크툼
의 순간에, 죽은 자가 귀환하는 순간에, 온전히 되돌아와 현존하
는 것은 무엇일까?

　'겨울 정원의 사진'은 이상한 모순의 사진이다. 그 사진은

1915년 태어난 바르트는 결코 어머니임을 알아볼 수 없는 사진, 1898년 다섯 살 소녀였던 어머니의 사진이기 때문이다. 푼크툼은 말하자면 외적 유사성으로 확인되는 어머니와의 해후가 아니다. 그건 어머니의 '본질'과의 만남이다. 『밝은 방』에서, 또 『애도 일기』에서 바르트는 이 어머니의 본질에 끊임없이 매달린다. 『밝은 방』에서 그는 이렇게 쓴다: "이 소녀의 영상에서 나는, 그녀가 그 누구에게서도 물려받지 않았지만, 자신의 전 존재를 영원히 형성시킨 선의를 보았다." 또 『애도 일기』에 이렇게 쓴다: "(이 사진을 응시하면) 그녀의 선함이 선물처럼 다가와서 또다시 내 곁에 머문다. 나는 그 선함 속으로 잠기고, 휩싸이고, 완전히 빠져버린다."(1979. 1. 20.) 바르트가 애착하는 어머니의 본질, 그건 어머니의 '선함bonté'이다. 이 어머니의 본질이 어머니의 얼굴임을 확인할 수 있는 일련의 사진들이 아니라 그 이목구비의 유사성을 찾을 수 없는 소녀 시절의 사진 속에서 발견된다는 건 당연하다. 어머니의 본질인 선함은 소녀 어머니의 순결함―"해맑은 얼굴, 순박한 손 모양, 얌전한 자세 …… 이 모든 것이 보여주는 지고한 순결성"이라고 바르트는 『밝은 방』에서 쓴다―속에서 그것 자체로 온전하게 체험되기 때문이다. 푼크툼의 순간은 바르트의 시선이 외적 유사성의 강박에서 벗어나 선함과 순결함이라는 어머니의 본질과 해후하는 사건이다. 하지만 푼크툼의 순간은 다만 어머니의 본질만이 체험되는 사건은 아니다.

죽은 어머니와 온전하게 해후하는 푼크툼의 순간을 바르트는 『밝은 방』에서 세 사람의 이름과 더불어 예증한다. 하나는 이미 언급했던 프루스트의 '마음의 간헐'의 순간이다. 다른 하나는 1889년 토리노에서 늙은 말의 목을 껴안으며 광기 속으로 건너갔던 니체의 순간이다. 하지만 '겨울 정원의 사진'과 해후하는 바르트의 애도 상태를 가장 직접적으로 보여주는 건 음악의 순간, 클라라를 잃어버린 사랑의 고통 속에서 라인 강으로 뛰어들었던 슈만의 순간이다. 바르트는 이렇게 쓴다: "아마도 나는 이렇게 말할 수 있을 것이다: 이 겨울 정원의 사진은 정신착란의 상태 안으로 들어가기 직전 슈만이 마지막으로 작곡했던 피아노 소나타 '아침의 노래' 1악장과 같은 것이라고. 이 악장은 어머니의 본질과 어머니를 잃어버린 내 슬픔의 상태와 일치하는 것이라고." 푼크툼의 순간에, 슈만의 음악적 순간에, 바르트가 해후하는 건 어머니의 본질, 선함의 순결함만이 아니다. 그건 동시에 어머니를 잃어버린 슬픔의 순결함이다. 바르트는 이렇게 쓴다: "나는 슬픔 속에 있는 것이 아니다. 나는 슬퍼하는 것이다."(1977. 11. 30.) 아마도 이 문장은 이렇게 이해될 수 있을 것이다: 슬픔과 바르트는 더 이상 구분되지 않는다. 바르트는 슬픔 자체다……. 슬픔과 슬퍼하는 주체가 더는 나뉘지 않는 이 순결한 슬픔의 상태는 푼크툼의 순간이 왜 사진의 순간인지를 또 한 번 확인시킨다. 사진은, 인덱스 이미지는, "영원히 맞붙어 헤엄치는 두 물고기처럼," 이미지와 이미지의 대상이 하나가 된 몸체다. 푼크툼의 순간, 바르트의 순간도 마찬가지다. 이 순간에 어머니의 본질인 선함의 순결함과 바르트의 슬픔의 순결함은 슈만의 마지막 소나타 1악장 첫음처럼 완벽하게 조응한다(아담 쉐프는 이 첫 음을 거의 들을 수 없는 타음으로 연주한다. 완벽한 조응은 울림이 아니라 침묵인 것처럼). 이 음악의 순간에 죽은 어머니를 온전한 현존으로 다시 만나는 건, 어머니와 바르트가 하나의 몸체가 되는 건, 마술적이지만 지극히 논리적이다.

그러나 마지막으로 또 하나 주목해야 하는 슬픔의 사건이 있다. 바르트는 자신의 슬픔을 '나만의 고유한 슬픔', '완전히 새로운 슬픔'이라고 말한다. 그 고유함과 새로움은 물론 죽은 자의 귀환, 죽은 어머니와의 온전한 해후다. 하지만 바르트의 순결한 슬픔 안에서는 또 하나의 사건이 일어난다. 그건 새로운 주체의 탄생이다. 주체의 문제와 연결될 때 순결한 슬픔의 상태는 양가적이다. 그 상태는 주체가 슬픔 속으로 실종되는 순간이면서 동시에 그 슬픔 속에서 새로운 주체가 태어나는 순간이다. 바르트는 이 새로운 주체의 탄생을 '비타 노바'라는 이름으로 명명한다. 그는 이렇게 쓴다: "비타 노바는 래디컬한 몸짓이다(어떤 단절을 수행하기—지금까지 살아왔던 길을 끝내기, 그 필연성)."(1977. 11. 30.) 또 이렇게 쓴다: "니체: 기도하지 말 것, 깨어날 것. 애도의 슬픔이 나를 데려가서 만나게 하려는 것, 그것이 이 깨어남이 아닐까?"(1978. 6. 9.) 또 이렇게 쓴다: "갑자기 사토리의 순간과 만난 것만 같은 느낌: …… 그러니까 이제 '나를 다시 찾은 것'처럼."(1978. 8. 12.) 슬픔의 순결함 속에서, 그 깨어남의 비타 노바 속에서 다시 태어나는 주체는 더 이상 에고의 주체가 아니다("이 나의 슬픔, 이 나의 무거운 마음, 이 혐오스럽기 짝이 없는 에고이즘"). 그 주체는 '일체의 주객 구분이 없어진, 어떤 흔들림도 없는 정신'의 주체다. 바르트는 이 주체를 도덕적 주체라고 부른다: "애도 작업을 하는 사람은 더 이상 속없는 사람이 아니다. 그는 도덕적 존재, 아주 *귀중해진* 주체다."(1977. 10. 27.)

슬픔이 에고를 넘어서 도덕과 만날 때, 슬픔은 고유한 슬픔, 완전히 새로운 슬픔이 된다. 이 완전히 새로운 슬픔을 바르트는 니체와 함께 '연민'이라고 부른다. 『밝은 방』 마지막에서 바르트는 이렇게 쓴다: "사진이 불러내는 감정 안에서는 또 다른 선율이 들려왔다. 그것은 연민이었다. …… 죽은 것, 죽어야 하는 것들을 껴안으며 나는 사진 속으로 뛰어든다, 1889년 1월 3일, 지쳐 쓰러진 말의 목덜미를 껴안으며 연민 때문에 미쳐버린 니체처럼." 도덕의 주체는 더 이상 슬픔의 주체가 아니다. 그는 애도의 끝에서 슬픔으로부터 깨어나는 주체, 슬픔의 에고로부터 연민의 사랑으로 건너가는 주체다. 푼크툼의 순간, 순결한 슬픔의 순간, 바르트의 순간은, 이 연민의 도덕적 주체가 태어나는 순간이다.

바르트의 어머니 앙리에트 벵제는 1977년 10월 25일 사망했다. 그 다음 날 바르트는 『애도 일기』를 쓰기 시작했다. 이 일기는 2년 뒤인 1979년 9월 15일에 끝난다. 그 2년 사이에 바르트는 『밝은 방』을 집필했고, 프루스트와 스탕달 강연을 했고, 콜레주드 프랑스에서 다양한 주제의 세미나를 열었다. 이 모든 작업들은 또 하나의 애도 일기들이었다. 1980년 2월 25일 바르트는 작은 트럭에 치이는 사고를 당했다. 입원해서 치료를 받았지만 심리적으로 치료를 거부했다―1979년 5월 1일 일기에는 이렇게 써 있다: "나는 *마망*과 하나가 아니었다. 나는 그녀와 함께 (동시에) 죽지 못했다." 한 달 뒤인 3월 26일 바르트는 사망했다. 바르트의 죽음은 공식적으로 사고사였지만 혹자들은 자살이라고 했다. 하지만 또 하나의 죽음이, 사라짐이 있을 수 있다. 바르트의 죽음은 사고사도 자살도 아닐 수 있다. 그는 다만 니체처럼 투신했는지 모른다, 온전히 현존하는 어머니에게로, 죽어야 하는 모든 것들에게로, 연민의 사랑이라는 도덕적 순간 속으로…….

이 책은 2009년 쇠유 출판사에서 발간한 롤랑 바르트의 『애도 일기』에 대한 번역서이다. 가장 친밀한 외국어가 독일어인 역자는 이 책의 독일어본을 번역 텍스트로 삼았다. 이후 불문학자인 변광배 박사가 번역 원고를 불어 원본과 대조-감수하는 수고를 해주셨고, 꼼꼼한 박숙희 편집자가 영어본과 비교-점검하는 수고를 더했다. 그래도 오역과 서투른 번역을 피할 수는 없을 것이다.
전문가들과 바르트를 사랑하는 독자들의 매서운 질정을 바란다.

김진영

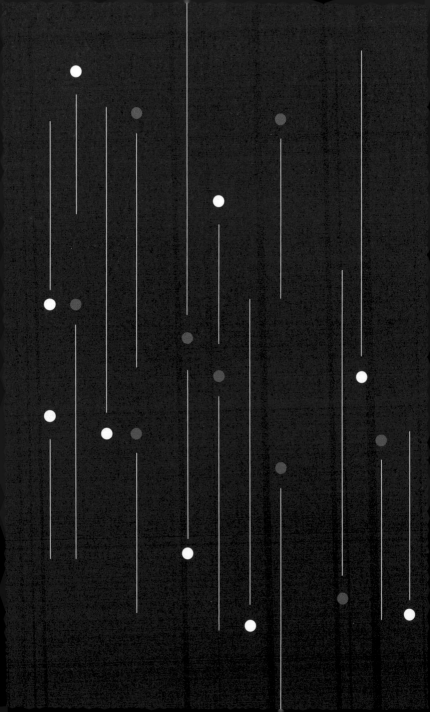

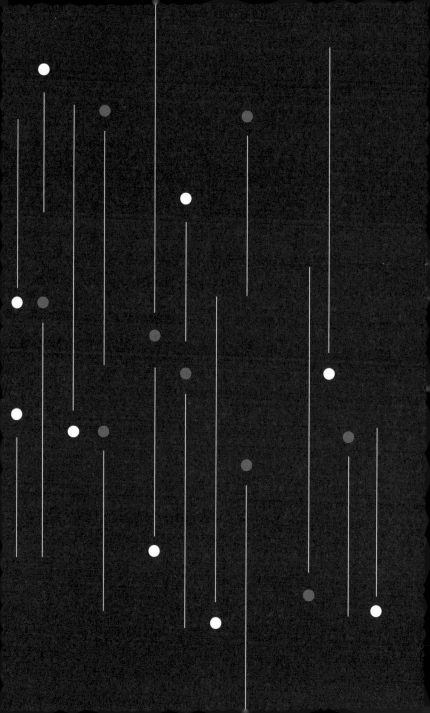

애도 일기

초판   1쇄 발행 2012년 12월 10일
개정판 1쇄 발행 2018년 11월 20일
개정판 10쇄 발행 2024년 11월 11일

지은이 롤랑 바르트
옮긴이 김진영

발행인 이봉주 **단행본사업본부장** 신동해
편집장 조한나 **편집** 이혜인 **디자인** 석윤이
마케팅 최혜진 백미숙 **홍보** 반여진 허지호 송임선
국제업무 김은정 김지민 **제작** 정석훈

브랜드 걷는나무
주소 경기도 파주시 회동길 20
문의전화 031-956-7208(편집) 031-956-7129(마케팅)
홈페이지 www.wjbooks.co.kr
인스타그램 www.instagram.com/woongjin_readers
페이스북 https://www.facebook.com/woongjinreaders
블로그 blog.naver.com/wj_booking

발행처 ㈜웅진씽크빅
출판신고 1980년 3월 29일 제406-2007-000046호

한국어판 출판권 © ㈜웅진씽크빅, 2018
번역과 해설 저작권 © 김진영
ISBN 978-89-01-22806-8 (03860)

걷는나무는 ㈜웅진씽크빅 단행본사업본부의 브랜드입니다.
이 책의 한국어판 저작권은 시빌에이전시를 통해 Seuil사와 독점 계약한 웅진씽크빅에 있습니다.
저작권법에 의해 보호를 받는 저작물이므로 무단전제와 복제를 금합니다.

· 책값은 뒤표지에 있습니다.
· 잘못된 책은 구입하신 곳에서 바꾸어 드립니다.